朵朵♡

A Flower A Day

日日朵朵 愛之花

朵朵 著

作者簡介

朵朵，本名彭樹君。

以本名彭樹君創作小說與散文，著有《從今以後一個人住》等二十餘本著作。

以筆名朵朵書寫《朵朵小語》，本書是在皇冠出版的第十三本。

喜歡貓，喜歡花，喜歡天空，喜歡雨後的青草香，喜歡寧靜的生活。

覺得善良很重要，溫柔優雅很重要，樂觀和勇氣也很重要。

住在山邊，總是從大自然中得到創作靈感，走在森林中就有回家的熟悉與安心。

天天都要閱讀、散步、靜坐和瑜伽。

時時刻刻都覺得人生如夢。

彭樹君FB

朵朵小語FB

彭樹君·朵朵IG

朵朵寫作坊

朵朵小記

日日朵朵愛之花

我總是這麼想，每一朵花都是天空與大地戀愛的呈現，是天空給予了大地陽光和雨水，大地就開出美麗的花朵來回報，所以每一朵花都是一個由衷的綻放，都是一個愛的微笑。

而愛的本質也恰似花朵，自在，喜悅，放鬆，靜心，充滿靈性的香氣。

和前一本《日日朵朵》一樣，這一本《日日朵朵愛之花》摘選了朵朵小語二十年來的精華，前一本是將我個人最心愛的句子集結成冊，這一本則是收錄與愛有關的小語，其中有部分是全新的創作。書中分成十二個篇章，分別是「愛是信念」、「愛是勇氣」、「愛是自在」、「愛是陪伴」、「愛是喜悅」、「愛是善待」、「愛是放鬆」、「愛是自由」、「愛是靜心」、「愛是思念」、「愛是放手」、「愛是祝福」。是的，愛是一切美好意念的總結，愛是最強大的心靈能量，愛是成就生命的光。

也和《日日朵朵》一樣，《日日朵朵愛之花》有365則，適合每天讀一則，也適合隨機閱讀，有煩惱的時候，在心中想一個數字，然後翻到那一則，做為給自己的提醒與心靈的依靠，但願它能帶給你美好的領悟。輕巧的精裝小開本可以隨身攜帶，時時展讀。

就像喜歡一個人會送花給他，親愛的，我也要把這本小書送給你，但願你在文字之間讀到愛的芳香，感到愛的綻放；或許你還可以把它送給喜歡的人，把愛的能量一起帶進你們的日常。

愛是信念

1

親愛的，有一天你一定會遇到那個注定的人。
像一陣風邂逅另一陣風，一片雲會合另一片雲。
只要是磁場相吸的兩個人，就算彼此的距離再遙遠，
神秘的吸引力也會穿越千山萬水，
帶著兩人不自覺地朝著彼此的方向前進。
在抵達同一片大海之前，一條河必然會交流另一條河，
這是愛情法則，也是宇宙定律。

2

人與人之間都是磁場的吸引，
你是一個怎樣的人，就吸引怎樣的人前來與你相遇。
你希望遇見美好的愛情，就要先準備一個美好的自己。

3

愛情是宇宙裡的神秘事件，像是星雲瞬間的爆炸，
你無法追求它的路徑，只能讓它自己發生。
愛情的發生有著神秘的時間表，不會預先讓你知道，
若是等待它的發生，你感覺到的只是那份等待的焦慮。
所以，親愛的，不要等待，只要相信，
當它該來臨的時候，自然會來臨。

4

真愛是像奇蹟一樣的存在。
如果你相信奇蹟，那麼也會相信真愛。
重點是，你願意相信。
當你真的相信，而且是全心全意、沒有一絲懷疑地相信，
那麼，親愛的，奇蹟才會在你的感謝裡發生，
真愛才會在你的生命中存在。

5

你的心靈具有移山倒海的力量，它造就了你的世界——
你相信什麼，你就會成就什麼。
相信有愛，愛就會來臨。
相信奇蹟，奇蹟就會發生。

6

還是應該信仰那些古老而美好的價值，
例如善與美，例如公理與正義。
不管外在的變化如何，你所置身的環境又是怎麼樣，
都不要違背了個人純潔的初衷。
就像一支圓規，
如果沒有中心做為支點，如果不是挺直站立，
就不能畫出漂亮的圓形。
也許你偶爾會對這個世界感到沮喪，有時也會失望，
但身為一個人，可貴的就是那份自由意志。
親愛的，你永遠可以選擇愛與光的方向。

7

如果沒有風，風鈴只是靜止的存在。
如果沒有愛，你也只是靜止的存在。
讓你的風鈴晃動的，是風。
讓你的生命靈動的，是愛。

8

是愛讓花兒綻放，讓小河流動，
是愛讓雲朵聚散，讓雨水落下，
愛是光，是所有生命共同的能量，
如果沒有愛，這個世界只是萬古長夜，
沒有你，也沒有我，
什麼也不曾開始，什麼也不會發生。

9

水，隨緣順性的水，滋養萬物的水，
擁有貫穿一切的軟性能量。
但一旦在水中加入泥沙，
這份流動的能量就漸漸僵固了。
一如你信仰愛的心靈，
若是受了傷，對於愛有了懷疑，
心就慢慢地硬化了。
親愛的，在任何狀況下，
都不要失去對愛的信仰，
別讓自己的心硬化成無法流動的水泥。

10

被愛充滿的人，就像植物被澆灌了清水，
枝葉生氣勃勃，開出芬芳的花朵。
心裡無愛也無法去愛的人，
內在則會結出陰暗的果實，生活也將一片荒蕪。
缺愛是所有問題的根源，
也唯有愛是一切問題的解答。
所以，親愛的，成為一個
心裡有愛的人，可以去愛的人，願意被愛的人，
那就是你對人生最好的回答。

11

做自己喜歡的事，愛自己想愛的人，
並且從其中得到心靈的成長，感到生命的存在。
若能如此，就是好好地活著了。

12

就像白天看不見天上的星星，但星星其實一直都在那裡，
一定有人默默愛著你，只是你不知道而已。

13

你看不見風，但風掠過你所帶來的清涼是真實的感受。
這就好像，你看不見愛，但你知道愛確實存在。
眼睛看不見的，往往要用心去看見。
必須用心去看見的，往往才是對生命真正重要的。

14

一切美好但必須用心尋找的東西，
都值得你等待它的發生，證明它的存在。
快樂是這樣，愛也是這樣。

15

不同的階段有不同的幸福。
單身時就獨自體會沒人打擾的幸福，
有人相隨時就盡情感覺愛與被愛的幸福。
你要的幸福就在現在，不需要等待。
你要的幸福是你的內心狀態，不是外在。

16

喜歡是一種心情，
是會隨著今昔彼時的狀況不同而改變的。
但愛不會變，愛是不因時空變化而變化的堅定，
是千迴百轉的無盡過程。
所以，親愛的，喜歡一個人很容易，
但是愛一個人很難；
因為，喜歡是一種感覺，而愛是一種信仰。

17

每顆心都是一座山谷，
當你以愛呼喊的時候，
它都會發出愛的回聲。

18

沒有香氣的水不會是香水，
沒有愛的人也不會是美人。

19

世界上最珍貴的東西，莫過於自己那顆
清靜安定、無憂無懼、水晶般晶瑩剔透的心。
用這樣的一顆心來愛世界，愛別人，也愛自己。

20

若心是甜的，看出去的世界將是彩色的。
若心是苦的，看出去的世界則是灰色的。
所以，要常常以甜食餵養你的心靈。
愛就是心靈的甜食。

21

「在這一生中，你可曾不求回報地愛過任何人？」
據許多有過瀕死經驗的人共同的描述，
這是神在接引靈魂的時候，唯一會問的問題。
再豐沛的財富，再顯赫的頭銜，都不算數；
在上帝的面前，愛，才是生命唯一的成就。

22

人生在世，除了生，除了死，
除了貫穿生死之間的愛，
其他的一切都是小事。

23

「愛是我們唯一能夠感知，超越了時空的次元。」
那部電影裡，女主角這麼說。
親愛的，在你主演的這一生裡，對於愛，你會怎麼說？

24

愛的相反不是恨，不是冷漠，而是恐懼。
愛是一種擴張、融合、釋放的能量，讓清風遠揚，百花齊放。
恐懼卻是緊縮、封閉、自我吞噬，讓湖水凍結，一切皆成寒霜。
愛和恐懼永遠無法同時存在，它們是光譜的兩端，從絢爛到黑暗。
親愛的，愛和恐懼你只能選一邊，而你永遠都要選擇愛的那一邊。

25

痛恨戰爭，不會帶來和平，
因為在這裡，「恨」是動詞。
愛好和平，才會帶來和平，
因為在這裡，「愛」才是動詞。

26

眼前其實是同一個世界，
只要你以發光的眼神看它，它就會對你展現無盡美麗的風光。
只要你以愛的感覺去連結它，它就會以無私的愛傾注於你。
親愛的，快樂的魔法在於
一個瞬間的意念，你就決定了你的全世界。

27

愛的能力，與生俱來，
就藏在每個人心弦的正中央。
當你使用愛的天賦，
它必然譜出動人的歌，展現優美的樂章。
因為愛，這個最美的天賦，
親愛的，你成為最棒的天才。

28

「你很好，所以我愛你。」
這樣有條件的對待，其實不是愛。
「無論你好不好，我都愛你。」
如此的絕對，才是愛的真諦。

29

生命本來就是一場華麗的冒險。
除非走上前去，否則你永遠不知道會遇到什麼。
但請記得，只要是出於愛的選擇，就一定是正確的選擇。
即使看似曲折，結果也一定會到達你要去的地方。

30

因為有人愛著你，你也要好好愛自己。
如果沒有人愛著你，你更要好好愛自己。
不管有沒有人愛著你，你都要好好愛自己。
無論有沒有人愛著你，這個世界總是愛著你。

31

在這個世界上，最巨大的力量就是愛與信念，
所以，親愛的，當你帶著愛的感覺去盼望時，
你所相信的必定會實現。

愛是勇氣

32

愛一個人，就像乘著一艘獨木舟進入一片大海，
面對著茫茫未知，看不見彼岸的存在。
但也是這份天真與勇氣，使你領略了那些永難忘懷的美景：
湧動的浪花，天際的海鷗，發光的飛魚，彩色的雲朵，
還有朝陽下、月光中的萬頃波濤。
愛一個人，就像乘著一艘獨木舟進入一片大海，
不必多想最後能否到達彼岸，
只要全心全意感受當下的風光。

33

時間不會等待人，
許多事情如果在當下沒有去做，
或許也就永遠不會去做了，
因為總是不乏理由一再蹉跎，結果就是注定錯過。
親愛的，想做的事就去做吧，想愛的人就去愛吧，
你的人生本來是一場又一場燦爛的花季，
別讓自己錯過一次又一次有限的花期。

34

愛不能討價還價，也不能被加減乘除。

愛一個人，應該全心全意地信任，

這份心意在任何狀況下都不該打折。

所以愛是一種帶著勇氣的考驗，

畢竟要以百分之百的純度去信任一個人，其實並不容易。

但也唯有這百分之百的信任，

才能將自己百分之百地交託給一段情感。

而有了這百分之百的心情，也才能體會百分之百的美麗。

35

你說，你在等待一個值得你愛的人出現，
當那個人來了，你才要去愛。
你說你不想因為錯愛而受傷。
可是，親愛的，你是先學會游泳才下水的嗎？
若是沒有下水的勇氣，你無法學會游泳。
同樣的，若是不曾在錯愛裡有足夠的學習，
你又如何知道怎樣才是對的人？

36

喜歡一個人，是對那個人的讚美。
有誰不喜歡得到讚美？
又有誰會因為被讚美而生氣呢？
所以喜歡他就讓他知道吧。
告白的意義，不在於對方是否接受你的情意，
而在於勇敢地表達自己。

37

把愛藏在心裡是不夠的，
如果你沒有勇敢地表現出來，他是不會知道的。
人與人之間的相伴相處，都是向上天借來的時光。
再怎麼愛你的人，也無法陪你到永久。
所以，在還來得及的時候好好對待他，
這是無比重要的事。

38

不要為了害怕失去而不敢追求，
也不要為了失去的痛苦而追悔當初，
畢竟你從未擁有過他，
只有那個從無到有、再從有到無的過程是你的，
只有那個快樂時如在天堂、失去時如在地獄的經驗是你的。
親愛的，你真正擁有的是那些愛的過程與經驗。

39

是寧可從來都沒有得到過，還是寧可得到又失去？
如果從未得到，就像嚮往一處很美卻不曾到達的風景，
心中永遠都有一種渴求，一種不甘心，
那將成為心裡的一個空洞。
如果得到又失去，雖然會心痛，
卻能把這個痛轉化為一種了然，
一種澈悟之後的心靈昇華。
所以，親愛的，想愛就去愛吧，
寧可得到又失去，也不要因為膽怯而從未開始。

40

你說愛一個人是多麼不容易，常常都覺得快要走不下去。
親愛的，在親密關係中，每個人都是單翅的天使，
必須與另一個天使緊緊擁抱，要能望著相同的方向，
還要願意負擔對方的重量，才能一起展翅飛翔。
愛從來都不是容易的，
要享受愛的甜，就要承受愛的苦；
在感受愛的輕盈之前，也要先接受愛的重量。

41

愛一個人就是愛他真實的樣子。
如果不能接受真實的他，
那麼這份愛也是假的。

42

對於「愛」，也許你有許多偉大的思考，
並且還把它寫成了長篇大論的研究報告，
但如果你不曾不顧一切地去愛一個人，
不曾忘我地縱身愛的懸崖，投入愛的激流，
那麼，「愛」也不過是個空洞的主義名詞而已。
親愛的，愛是動詞，需要實踐的勇氣。

43

一塊很甜的蛋糕如果配上一杯很甜的茶，會使你覺得很膩。
最適合提拉米蘇的搭配，是不加糖的咖啡。
甜蜜與苦澀相互襯托，口感層次特別豐富有味。
人生也是這樣，甜味總是要有苦味來平衡，
否則就品嘗不出那份動人的滋味。
親愛的，正是因為經歷過孤單的感覺，
你才更能體會愛的勇敢與甜美。

44

就像冰箱裡的蔬果可以保鮮一樣，冷一點的關係也有某種必要。
畢竟黏膩且燥熱的情感往往令人透不過氣，
當兩人之間有了讓風穿透的距離，反而能把彼此看得更清晰。
親愛的，你和他不是只有溫暖與熱情，
因為冷的存在，才成全了愛情的四季。

45

一連串的雨天之後，天空終於放晴，
你濕淋淋的心也被陽光瞬間照亮。
在這樣的晴空下，你感到無限恩寵，知道自己是被愛的，
先前的陰霾一掃而空。
你知道愛在任何狀態下都不會改變，
所以愛裡沒有懲罰，沒有懼怕。
就像晴空之下，沒有黑暗，沒有悲傷。
親愛的，你的心也像晴空一樣，
只要有「愛」的太陽，一切陰暗濕冷就無處躲藏。

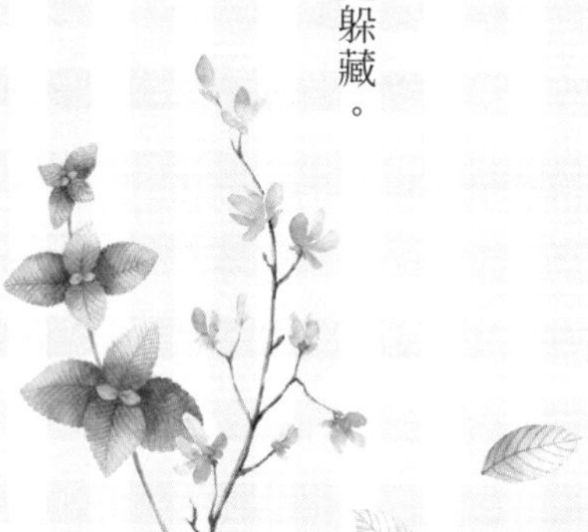

46

最可貴的不是你所追尋的，
而是你在追尋的過程裡所產生的熱情。
愛亦是這樣，
最重要的不是對方也愛你，
而是你可以毫無保留地去愛一個人。

47

其實不是別人的所言所行傷害了你，
而是因為你心裡先有了痛處，
所以那些言行才能形成尖銳的利箭；
若是你的內在完整無缺，再多的刀槍也難以進入。
所以，親愛的，要有自信，要知道自己的美好。
愛你自己，別人就傷害不了你。

48

「如果你不愛我，我將迷失方向。」你說。
親愛的，這是真的嗎？
為什麼別人會讓你迷失方向呢？
別人該為你的人生負責嗎？
只有不愛自己，才會讓一個人迷失自己。
能為自己的人生負責的，也永遠只有自己。
所以，愛你自己，給自己愛的能量。
愛自己的勇氣會讓你找到要去的方向。

49

你曾經迷路過嗎？迷路的當下，你害怕嗎？
在那從來沒到過的、環顧陌生的景況中，
你是因為對未知可能隱藏的意外感到不安，
還是因為對未知可能展現的美麗而期待不已？
迷路是日常生活裡一次小小的出軌，
讓你在安全的界限邊緣輕輕地遊走，
讓你看見預設之外的風景。
而暗戀一個人的感覺，也就像迷路的心情。

50

是因為經歷了那樣獨特的過往，
所以你一個人走過黑夜的長廊，
知道了成長，得到了靈魂的滋養。
那是愛過的力量。

51

真正快樂的人都是懂得愛自己的人。
而愛自己的第一步，就是接受自己當下的生命狀態。
親愛的，坦然接受自己，
天使將與你同在，生命將充滿了恩寵與勇氣。

52

在情海中難免會嗆幾口水，也難免會被暗礁割幾道傷，
這些都是必要的考驗。
但也因為這樣，你才能學會游泳。
親愛的，不要怕下水，你才能更了解自己，
也才能在情海中恣意悠游。

53

感情的付出無法回收，也無須回收，
因為真正愛過就是一種完成。
重要的是，在這樣的過程裡，
親愛的，你是迷失了自己還是更靠近了自己？
愛要有愛的勇氣，離開也要有離開的清明。

54

如果對方忍心讓你受苦，那就表示他不夠愛你，
所以親愛的，別讓自己在痛苦的狀態裡繼續糾纏下去，
有勇氣結束不快樂的關係，生命才能繼續往前進行。

55

拒絕愛與被愛的人生，只會被恐懼封閉。
縱使屋子裡掛滿華麗的吊燈，心裡也是萬古長夜。
愛是一把燃燒的火光，力量強大得可以夷平圍牆。
親愛的，用這股力量來照耀自己吧。
雖然你可能在愛裡受傷，卻也是愛讓你的心更強壯。

56

就算你把心敷成了堅硬的水泥，
但水泥之下還是肥沃又濕潤的土地，
還是隱藏著生機。
而愛柔軟的嫩芽總是穿透一切。
是的，愛情像綠藤，
無論你的牆築得有多高，
它的藤蔓還是會悄悄爬上來。

57

愛情像是某種季節裡的候鳥，
乘著作夢的翅膀來，再乘著夢醒的翅膀去。
親愛的，不要因為愛情離開了你，
就以為生命裡其他的美好也隨之而去，
你的價值並不在於身邊是否有人陪伴而決定。
唯有更加倍珍重自己，給自己打氣，
真正的幸福感才會像青鳥一樣，翩然來臨。

58

注定會遇見的人，注定會發生的事，
全部都已經寫在宇宙的藍圖裡了。
而且，這一切的設計，都是為了讓你學習愛的課題。

59

親愛的，但願你有向昨日告別的勇氣，
不再為了一段傷感的回憶而自我陷溺，
也不會在一種煎熬的關係裡繼續夾纏不清。
昨日已是遠去的飛鳥，在空中不留痕跡。

愛是自在

60

相信自己，無條件地愛著自己吧！
親愛的，再沒有誰與你自己的關係更重要，
當你與自己和好，其他美好的關係自然會來到。

61

先讓自己成為答案本身，你才會覺得一切瞭然。
先讓自己成為一座海洋，河水才會往你的方向奔流而來。
親愛的，先愛自己吧，
如果你就是自己的陽光、空氣和水，
愛自然會像花朵一樣，在你的世界裡繽紛盛開。

62

如果你喜歡和自己在一起，
那麼就算只是靜靜地看一本書，或是慢慢地走一段路，
你都會覺得很甜美，很喜悅。
就像當你愛著某人時，一定會喜歡和他在一起一樣，
那麼，親愛的，若是你深愛著自己，
也一定很能享受獨處的美好。

63

如果你不能懂得那種深深沉浸在獨處中的喜悅，
那麼不管和誰在一起，你還是會覺得孤單，
寂寞之感還是會像谷底的藤蔓一樣悄悄爬上來。

64

如果你不夠愛自己，
那麼就算談過再多次戀愛，
「愛」對你來說依然只是一個謎，
一顆封閉在硬殼裡的種子，
未曾開啟一個繽紛燦爛的世界。

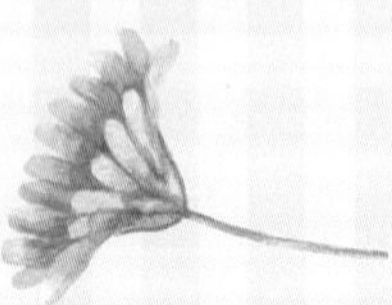

迷宮裡的魔術師
東野圭吾
HIGASHINO KEIGO

【限量精裝版】

【迷離珍藏版】

深陷在這座欲望的迷宮中，每個人都可能施展出最危險的魔術……

迷宮裡的魔術師

東野圭吾──著

東野圭吾 寫給大疫年代的最高壓卷傑作！
台灣、日本、韓國、中國、泰國、越南、印尼同步出版！

東野圭吾以新冠肺炎疫情為背景，全新寫就「黑色魔術師」系列，相對於湯川學的優雅冷靜，加賀恭一郎的義理人情，「神尾武史」堪稱足以總結他筆下所有主角原型的代表人物。他聰明絕頂、玩世不恭，所有秩序都要為他傾倒，所有原則都要為他讓路。他用魔術來破解謎團，但最大的謎團卻往往來自每一顆愛欲逢魔的心。《迷宮裡的魔術師》將成為神尾武史最華麗的初登場，而它展現的不僅是一場「推理的魔術」，更是一場「人性的魔術」！

這是一場無休無止的比賽，只有死亡，才能讓你遠離終點線……

大競走

史蒂芬·金──著

傳說中**史蒂芬·金**真正的第一部小說，
也是筆下所有故事的起點！
《在黑暗中說的鬼故事》名導即將改編拍成電影！

每年五月的第一天，是「大競走」開始的日子。這是一場舉國矚目的競賽，比賽規則很簡單，沒有終點線，不能超速，也不能停下來，如果集滿三次警告，你便得用性命來繳付「罰單」。一百名參賽者必須不斷地行走，直到產生最後的勝利者，而獲勝的人將能夠實現自己的任何願望作為獎勵。許多人是為了獎勵參賽，蓋瑞提卻根本不知道自己為何而來。比賽日復一日地進行，「淘汰」的人越來越多，但蓋瑞提知道一切還沒有結

走，走，快走！
想活命，就絕對不能停下來，
漫漫長路的盡頭，
究竟是絕望，還是新生？
史蒂芬·金
STEPHEN KING
大競走
THE LONG WALK
史蒂芬金選

寫下自己想看的東西就好，
人生就會隨之改變！

爲自己而寫

改變人生的簡單寫作技巧

田中泰延──著

日本廣告文案達人逾25年寫作心法全公開！
Amazon書店總合榜No.1！橫掃3大分類榜TOP 10！

每個人都想寫出好文章，但為什麼你的文章沒人看？想要寫出精采的文章，光靠「靈感」和「技巧」是不夠的，更重要的是「感動」！本書便從「寫什麼」、「寫給誰看」、「怎麼寫」、「為什麼寫」四個層面，一步步教你把「感動」寫出來，並特別收錄如何寫出吸引人的廣告文案和面試履歷的攻略法，以及如何查詢關鍵「第一手資料」的訣竅。想要傳達自己內心的想法？想要培養高明的寫作技巧？想要寫出網路爆紅文章？想要靠寫作賺錢謀生？這本書你絕對不能錯過！

精靈寶可夢、超級瑪利歐、勇者鬥惡龍……
這些遊戲爲什麼會讓你忍不住想一直玩不停？

「體驗設計」創意思考術

玉樹真一郎──著

前任天堂「Wii」企劃負責人不藏私分享
如何用「直覺、驚奇、故事」打造最棒的體驗，
成功抓住人心！

「感動體驗」的商

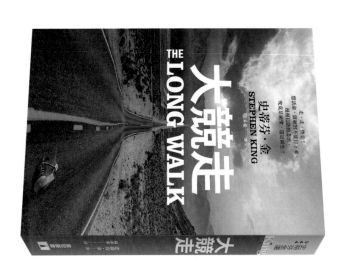

會開的花一定會開，會來的人一定會來，
所有愛的程式，
都已經寫在宇宙的藍圖裡了。

日日朵朵
愛之花

朵朵——著

從「朵朵小語」中精選365則愛的經典短語，
每日讀一則，讓生活充滿愛的能量與芳香的氣息。

愛是信念，愛是勇氣，愛是自在，愛是陪伴，愛是喜悅，愛是善待，愛是放鬆，愛是自由，愛是靜心，愛是思念，愛是放手，愛是祝福……有花在枝頭上時，和朵朵同看有花的美麗。無花在枝頭上時，和朵朵並看無花的空寂。心上有人的時候，朵朵與你同感喜悅甜蜜。心上無人的時候，朵朵陪你享受自由輕盈。於是你明白，昨日有昨日的花落，這是愛。明日有明日的花開，這也是愛。無論四季如何流轉，日日都有一則朵朵小語，陪伴你日昇月落，秋去春來。

每天吃一顆糖，然後告訴自己——
今天的日子，果然又是甜的。

心裏的夢田

【三毛逝世30週年紀念版】

三毛——著

每一秒鐘的自己，都不一樣。
看三毛如何在歲月中重生，坦然無懼的面對生命！

過去的三毛，是敏感脆弱的「二毛」，內心總是飄著雨，筆下的世界彷彿只有迷失和苦痛。當時光邁開步伐，三毛開始在流轉的歲月裡獲得力量。她變得堅強，即使喪失摯愛，也能在層層深淵中開出花朵。她變得柔軟，學會享受平凡，發覺簡單就是幸福。她變得開朗，抱持對生命的好奇，從一粒粒沙子裡，看見一座座天堂。生命中的每個瞬間都住著過往，三毛用勇氣為曾經的蒼白填上色彩，讓每一瞬間都不負自己，而所有的峰迴路轉和柳暗花明，都會是一番不同的風光。

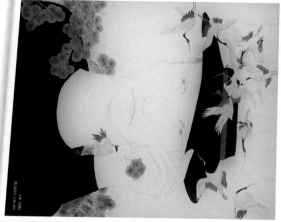

65

永遠都要以自己的目光接納真實的自己，
也永遠都不要為了別人而勉強改變了自己，
親愛的，只有當你發自內心地愛著自己，
別人才能看見發光的你，愛的也才是真正的你。

66

愛的旅程第一步就是愛你自己的身體。
它包含著海洋、山林和星辰的碎片。
它是你靈魂的聖殿，也是你人生的起點與終點。

67

萬事萬物都是心的造設。
是先有了裡面，才有了外面。
所以，親愛的，要打從心底愛自己，
並百分之百地相信，自己值得一切美好。
如此，一切美好才會在你的生命中顯現。

68

常常對一朵花說甜蜜的話，可以使她開得更漂亮。
親愛的，你也要把自己當成一朵獨一無二的花，
常常對自己說鼓舞的話，這樣可以使你活得更快樂。

69

你的內在小孩，
就是那個永遠需要被愛被擁抱被理解的你自己。
愛你的內在小孩，
就是愛那個永遠需要被無條件接納的你自己。

70

能和自己相處愉快，才能和別人相處愉快。
要先讓自己快樂起來，才會吸引快樂的關係到來。

71

當你在心裡呼喚著某個人的時候，
其實只是站在你孤獨的山谷傾聽自己的回聲。
所以親愛的，與其把生命寄託在一份虛無縹緲的愛情之上，
不如寄託在對自己的愛之上。
與其呼喚一個虛無縹緲的人，不如呼喚自己的心。

72

看著別人成雙成對，孤單的你總覺得感傷。
沒有情人的人，就像是被全世界遺棄的人啊！你說。
親愛的，愛情並不是一種狀態，而是一種心態。
表面上的成雙成對，私底下說不定是雙份的寂寞。
看起來形單影隻，心裡卻可能充滿了豐盈的喜樂。
所以，親愛的，自己就是自己最好的情人。
可以自得其樂的人，就是最快樂的人。

73

「愛情真的會來臨嗎？我是不是被愛神遺忘了？」你問。

親愛的，愛不會遺忘任何人，只是愛情有它神秘的時間表，總在你未曾料到的時刻出現。

重要的是，在愛情來臨之前，你一個人的日子要過得好，在發光的他出現之前，你要先讓自己發光。

74

愛情的最初是自我追尋，最終則是自我實現，而愛情裡的生生滅滅，都是自我認識的過程。

75

在接受別人的進駐之前，
先在心裡為自己保留一個寧靜的角落吧，
除了自己，任何人都禁止進入。
有了這個私密的寧靜角落，
你才可以無牽無掛地離去，
無沾無滯地回來。

76

總是頻率相近的人才會相互吸引，
所以親愛的，先讓自己成為一個自己喜歡的人，
才會遇見那個自己喜歡的人。

77

真愛的感覺是一種自在。
那種自在，就像落葉在風中翻飛，
白雲在空中悠遊，
也像小溪唱著歌往前奔流。

78

就算再相愛，還是要保有自己，
親愛的，當你和他有了月光可以穿透的空間，
天堂的風才能在你們之間舞蹈與迴旋。

79

當你喜歡一個人的時候，
必然也會喜歡和那個人在一起時的你自己。
因為，不論你和誰在一起，
其實都只是以不同的形式與自己相處而已。

80

悅人的愛情總是在熱情與冷靜之間來去。
愛著他的你，對他愈是熱情，
就愈是要有隨時都可以回到自己的冷靜。
如此，你與他之間才有平衡，這份愛才能流動。
親愛的，你才能自在。

81

如果因為太喜歡一個人而開始不喜歡了自己，
那麼這份喜歡就不值得繼續下去。
如果因為想要得到一份感情卻失去了對自己的信心，
那麼這樣的情愫就只是為難了自己。

82

真正的背叛是你對自我的懷疑。
不愛自己，不知道自己的珍貴，
把生命的自主權交給別人，讓別人掌握你的喜怒哀樂，
那才是最嚴重的背叛。
親愛的，你唯一需要忠誠的對象，也只有你自己。

83

朝顏花總是在夜裡悄悄合上她的花瓣，
然後在清晨再度綻開。
你看，即使是一朵花也需要休息，何況是你呢？
所以，該回到自己的時候，就回到自己吧。
就算是天使也不能不停止地唱歌呀。
親愛的，在你為他人傾心付出之後，
也需要像朝顏花一樣，
給自己更多的愛、包容與支持。

84

向一個心中無愛的人討愛，
就像在荒漠中掘井，只是徒勞而已。
所以，當這段關係結束，請不必傷心。
這不是你的錯，只是你在嘗試愛的開發時找錯了土地。
這時你需要的不是尋找下一片有待開發的土地，
而是回到自己心靈的領土，給自己更多的滋養，
再一次好好愛自己。
親愛的，先灌溉自己心中那片愛的土地吧，
與其在荒漠中掘井，不如讓自己的世界充滿欣然綠意。

85

你曾經日日夜夜地盼望，能與某個人相愛一生一世。
經過更多更多的日日夜夜之後，
許多人在你的生命中來了又去了，帶來各種悲喜無常，
你才終於明白了，
愛情當然很美好，但若沒有以對自己的愛做為前提，
和任何人之間的情感終究只是沙灘上的城堡，
一個浪頭打來就幻滅了。
親愛的，於是你總算知道，
愛自己才是一生一世最重要的事。

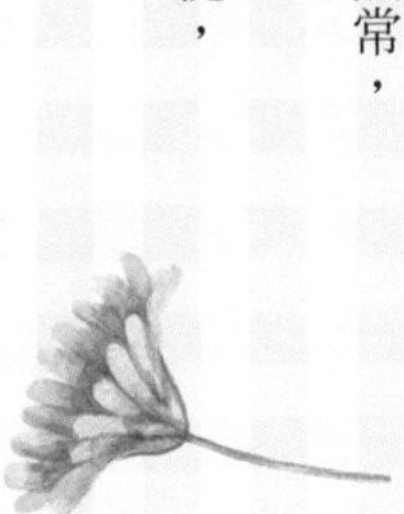

86

一朵雛菊不會氣惱自己沒有開成玫瑰，
一隻飛蛾也不會憾恨自己不是蝴蝶。
大自然總是無怨無尤，自在溫柔。
親愛的，對待你自己，也應該是這樣的。
不責備自己，不怨怪自己，欣然接受自己的一切，
帶著愛的眼光看著真實的自己。
這是對自己的溫柔。
對自己溫柔的人，才能對別人溫柔。
因為你對自己、對別人、對天對地都無怨無尤，
這個世界才會回報給你無限的愛與溫柔。

87

愛上一個人的時候，
你衷心樂意成為一個更美更好的自己。
那麼，你為什麼不能以這份愛來愛自己？
既然你已經證明自己有能力可以這樣去愛一個人，
所以你當然也有同等的能量來愛自己。
當你愛上自己，親愛的，
這個世界就會毫無保留地愛上你。

88

愛情是一時的，友情是長久的，
而與愛情和友情比較起來，
愛自己才是最重要的。

89

在這個世界上，最重要的一件事，
就是好好愛自己。
好好愛自己，你才有愛人的能力，
也才有讓別人愛上你的魅力。

90

決定你是否快樂的人，
只有你自己，從來不是別人。
是你的心裡先有了快樂的感覺，
才能在與別人的互動中產生愉悅的對應。
一旦你讓自己成為快樂的源頭，
那麼，親愛的，只要你在，快樂就在；
不會因為他不在，快樂就不在。

愛是陪伴

91

這個世界上最重要的一句話不是「我愛你」，
而是「在一起」。
「我愛你」有時只是口頭上的甜蜜，
但「在一起」則是一種陪伴，
一種支持，一種承擔，一種承諾。
在一起是，就算天塌下來，依然守候，不離不棄。
親愛的，說愛很容易，難的是在一起。

92

真正的感情，還是得在真實的生活中才能感受。
如果沒有近距離地感受到他的氣息、
碰觸到他的肢體、看得到他的表情，
又怎能聽得到他心裡真正的聲音？

93

天空對青山說，無論春去秋來，我陪著你。
浪花對沙灘說，不管歲月如流，我伴著你。
你也曾經像天空對待青山，或是浪花守候沙灘，
那樣陪伴一個人嗎？
千金散去還復來，但時間只會不斷地流逝，
因此最重要的資源不是金錢，而是時間。
所以，親愛的，真心對待一個人，
不是買許多東西給他，而是不計時間地陪伴，
有如天空對待青山，浪花守候沙灘。

94

如果沒有河岸堅實的擁抱，河水就會氾濫成災。
如果沒有河水輕快的流動，河岸也將成為虛空的存在。
水與岸，就像你的熱情與冷靜——
熱情需要冷靜的節制才不至於失控，
冷靜需要熱情的溫度才能傳達愛。

95

愛總是在無言中流動。
與其說太多，還不如安靜地陪伴就好，
讓愛的本身去訴說。

96

對他說話的時候，請你看著他的眼睛。
言語常常有許多模糊不清的曖昧地帶，
可是眼睛不會說謊。
言語往往是誤解的開端，
可是眼睛不懂隱藏。
只有交換彼此的視線，才能交換誠摯的語言。
親愛的，只有眼睛對著眼睛，才能心對著心。

97

讚美的話像是盛開的花。
當你讚美了別人，就像送花給他，
他得到美麗的花，你的手上也留有餘香。

98

就像齒輪與齒輪之間卡合得恰恰好，
你與他之間也要互補得剛剛好，
彼此的互動才會行雲流水，
才能帶動兩顆心一起前進。

99

好好照顧一朵花，
給她陽光、空氣和水，並溫柔地和她說話。
當她開花的時候，就像愛發生了一樣。
好好對待一個人，
關心他，傾聽他，在他需要的時候陪伴他。
當他的愛向你敞開的時候，
也就像是你親手照顧的花終於綻開了一樣。

100

因為浪花的沖激才有了沙灘，
但是如果沒有沙灘的守候，浪花也不會存在。
浪花與沙灘彼此依存，相互陪伴，
就像愛情的狀態。

101

好好珍惜一份愛，就像珍惜一把名貴的琴一樣；
好好在愛裡練習，就像你是一個誠懇的音樂家一樣。

102

是不是有這樣一個人，是不是有這樣一個片刻。
你在他的身邊，不說什麼，不想什麼，
沒有過去，沒有未來，
就只是安靜地，與他共有當下的時空。
於是你不再是你，他不再是他。
或者，你就是他，他就是你。
此時此刻，愛來了，花開了，
一個新的星球誕生了，一種獨一無二的奧秘存在了。
從此沒有你，沒有他，而有了「我們」。

103

愛往往不需要太多言語，
愛總是藏在平凡與平常的生活細節裡。
再多的山盟海誓，也抵不上在你生病時，
身邊的人默默遞來的那碗清粥。

104

心動的感覺可能就只在輕輕的一瞬間。
所以，就讓它停留在這個片刻吧，
什麼都別說，留給日後靜靜地去回味，
這樣才美。

105

當下無法承諾永遠，

所以，親愛的，當他說：「我愛你。」

記取這個片刻就好。

「我愛你」，這是當下的真心，

無關過去與未來，只有現在進行式的美麗和甜蜜。

106

當所有的語言都到了盡頭，需要的或許只是一個深深的擁抱。

有些時候，縱使你有千言萬語，卻不知從何說起；

或是，你說得再多，卻只突顯了語言的有限，甚至空洞，

那麼乾脆什麼都別說。畢竟人生裡有這樣的時刻，

超越了一切語言可以表達的悲傷喜樂，只能靜默。

那麼，給彼此一個深深的擁抱就好。在無言的交流中，

你的心意，他會收到；他的溫度，你會知道。

107

兩個人之間若能長久相處，
往往不在於彼此擁有的條件，
而在於相互對待的方式。
畢竟，再怎麼優秀都是一個人的事，
如何對待彼此才是兩個人之間的事。

108

美好的愛情就像芳香的柴薪，讓你的內在燃起火燄，
融化了你，也融化了他。
所以，親愛的，讓你內在的火燄熱烈又歡愉地燃燒吧，
溫暖了自己，也溫暖了對方。

109

只要在他身邊，就有靜默的喜悅
像山中清泉一樣從你心底汩汩湧出。
因為他的存在，你感覺到自己的存在。
因為感覺到自己的存在，你明白了愛。

110

和喜歡的人在一起，
好吃的東西會更好吃，美麗的風景也會更美麗。
因為和喜歡的人在一起讓你覺得快樂，
而當你感到快樂的時候，原來美好的會更加美好，
原來不太美好的也沒有那麼令人難過了。
快樂的感覺可以把一切點石成金。
親愛的，如果你喜歡和自己在一起，
那麼隨時隨地，你都可以把自己的心情變得亮晶晶。

111

親近一朵花，你會聞她的芳香。
愛一個人，你會支持他的夢想。
每個人都是獨特的個體，都有內在的本質要開展。
一個人若是沒能完成想要完成的夢想，人生永遠都有遺憾。
所以，親愛的，讓你所愛的人成為他想要成為的樣子，
而不是你希望他成為的樣子。
愛他，就是愛他的夢想。
愛他的夢想，也就是愛他。

112

語言是有能量的，
親愛的，如果你愛著他，
那麼永遠都要帶著愛對他說話，
說出去的話語才有愛的力量。

113

天空以雨露滋養大地，大地則以開花做為美麗的回報。
每一朵花的盛開，都是大地給予天空的微笑。
當你愛著一個人的時候也是這樣，
盡情展現了自己，也盡興愉悅了對方。

114

總是有在黑夜中的時刻，但你可以不徬徨，
因為愛是手中的提燈，永遠可以把前方的路照亮。

115

你一廂情願想給他的，是他不要的。
他希望得到的，是你認為不重要的。
陷入愛河很容易，
但要在愛河中攜手徜徉下去，卻很難很難。
兩人是否能天長地久地相處，
並不在財富、外表或任何外在的其他條件，
而在於對待彼此的方式，是不是對方需要的。
所以，親愛的，你所付出的，是他要的嗎？

116

親愛的，不要因為一片烏雲而否定整片天空。
不要因為過去的一個人就失去了對整個未來的信任。
只要用心對待過一份感情，
無論結局如何，對你自己來說就是一種完成。

117

人生無常，你總是以為日後還有無盡久長，還會再見，
卻忘了每一次相聚也許都是此後不再的限定時光。
所以，親愛的，好好對待眼前的人，
不要吝惜表現你的愛與關懷，
不要讓日後回想起來的時候帶著遺憾。

118

人與人之間的相伴相處，都是向上天借來的時光。
再怎麼愛你的人，也無法陪你到永久。
所以，珍惜每一個時時刻刻吧。

119

人與人之間的緣分彷彿海上的船隻，
也許你們曾經共用一個碼頭，但都只是暫時的停留。
每個人也都有屬於自己的海洋，
或早或晚，你和他都要天各一方。
今日相聚，明日別離，
只是你從不知道明日何時到來而已。
因此，親愛的，當他就在眼前的時候，請好好對待他，
這是無比重要的事情。

120

愛有時，不愛有時；
緣分有時，離別有時。
你永遠不知道，「以後」會以怎樣的形式與內容到來。
也許有一天，也許就是明天，
一切就與今天不同了，
可能是他不在，可能是他的愛不在，
也可能是他與他的愛都不在。
所以，親愛的，在還來得及的時候，
好好對待愛你的人，
別讓一切都來不及的悔恨，到了以後才明白。

愛是喜悅

121

一顆乾枯無愛的心，就像一片水泥地，
植物不能生長，蝴蝶不會飛來。
唯有愛是柔軟的沃土，
可以承接枯枝蕭寂，也可以感受繁花盛開。

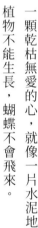

122

無限縱橫的時空之中，兩個移動的點瞬間交會，
而愛情竟然在這剎那之間發生了，
威力有如兩個星球一起爆炸產生的光芒與火花。
若這不是奇蹟，那會是什麼？

123

像是一千朵玫瑰同時綻放。
像是涓涓小溪瞬間飽漲為豐沛的河流。
像是星星與星星在相互撞擊之後的爆炸與合一。
當你愛上一個人，而那人也愛你，
這個世界的一切與從前就再也不一樣，
從此有了新的意義。

124

他的存在對你來說就像春天的風那樣舒服，
也像秋日的雲一般自在。
和他在一起，你只覺得心中純淨，
不再介懷過去，不想擔憂未來，
只是全心全意感受著現在。
這樣的舒服自在，沒有過去和未來，只有當下，
就是愛。

125

你說，你和他的關係，是地球與太陽的關係，
自轉與公轉的關係，環繞與運行的關係。
是從宇宙初始到宇宙盡頭的關係，
是從來沒有開始的關係，
也是永遠沒有結束的關係。
親愛的，這樣的關係，
正是真愛的關係。

126

在不同的生命階段，宇宙會透過不同的人來愛你。
這個人離開了，會有下一個愛你的人到來。
所以，親愛的，你是被愛的，
但你不是被特定的對象愛著，而是被整個宇宙所愛。

127

你從一朵花裡可以看見整個天堂的縮影，
從一粒沙中能夠想像整個宇宙的無限。
你以溫柔的眼睛凝視著它們，
一如天地萬物以溫柔的眼睛凝視你。

128

當整排黃昏的街燈在你眼前瞬間亮起來的那一刻，
你的心也跟著亮了。生活中總有這樣的魔幻時刻，
不早也不晚，剛剛好就是在那一瞬間，被你遇見了。
一行燕子飛過天空。
一朵落花從樹梢掉落。
一枚銀幣自你的腳邊滾過。
這些魔幻時刻像是天使給你的神秘訊息，
讓你忽然心中一動。
於是沒來由的，你知道你是被愛的，也是被想念的。
不為什麼，你就是知道，在這魔幻時刻。

129

一定有一個天使走過這片草叢，
祂每走一步，腳後跟就開出美麗的花朵，
因此祂經過的地方都成了春天。
而當你帶著愛行走人間，也就把芬芳的氣息帶給了世界。
心中有愛的人都是天使，天使就在這個人間。

130

每一朵花都是一個完美的小宇宙。
從花瓣看去，你看見精巧的平衡。
從花心看去，你看見無盡的奧義。
每一朵花都是神的手工，
只有神之手才可能造出這樣的芳香與神秘。
看著一朵花的開落，彷彿看著一個宇宙的生滅。
也許真正的宇宙，也只是上帝手中的一朵花。

131

一個詩人和一個生物學家看見了同一朵玫瑰，
詩人為這朵玫瑰寫了一首詩，
生物學家則為她寫下一篇生物報告。
和詩人其他的作品一樣，這首詩只是默默地在人間流傳；
而那篇生物學家的報告卻上了國際性科學期刊，備受矚目。
但是啊，如果你是那朵玫瑰，
你會愛上那個詩人，還是那個生物學家？
愛像一首詩，
沒有邏輯組織，沒有計算公式，甚至也沒有一定的道理，
但是啊，愛也就美在這份無法捉摸的神秘。

132

也許天使就在這個世間，就在你的身邊，
只是祂們在第五次元，所以你看不見。
第五次元，是三度空間的長寬高加上時間，
再加上愛而形成的空間，是良善的靈魂所聚集之處。
天使或許不是福音書或教堂壁畫上的樣子，
而是以光或更高意識的形式存在。
那麼，心中被愛充滿的人，
也許就進入了第五次元，也進入了天使的世界。

133

無論你的情緒是悲是喜，
風都一樣地吹，花也一樣地開，
無論你的狀況是好是壞，
天空一樣蔚藍，四季輪迴照樣春去秋來。
這個世界總是一如往常，
不會因為你的不同就有不同的對待。
這是愛。

134

你是被愛的，你一直被包裹在這個世界的愛裡。
快樂時有陽光照耀你，寂寞時有月光親吻你，
就算傷心落淚了，也有溫柔的雨絲陪著你。

135

創作的時候，你已經得到了創作的快樂；
愛人的當下，你也已經得到了愛的感覺。
那種盡心付出，已是最美的收穫。
親愛的，愛也好，創作也好，
在你全心投入的時候，都以其本身的喜悅回報給你了，
那麼，你還需要什麼回報呢？

136

親愛的，你知道嗎？你是被寵愛的。
被藍天以及藍天之下的綠野寵愛，
被海洋以及海洋之上的星空寵愛。
每當你舉目瞭望這個包覆著你的世界，
就會明白自己在這人間並非一個不明不白的存在。

137

星星因天空而存在。
魚群因海洋而存在。
你因對自己的愛而存在。
因為你知道愛自己，
所以天空裡才有星星，
海洋裡才有魚群，
這個世界也才有你。

138

在太陽系裡離地球最近的是金星，
而在占星學裡金星代表著愛與美。
所以，親愛的，每次抬頭望向夜空時就提醒自己：
愛與美是最靠近這個世界的宇宙能量，
也是你永遠可以源源不絕去汲取的力量。

139

你一直在尋找一個人無條件地愛你。
但是，你知道嗎？其實你早就擁有這份愛了。
不需要任何努力，你就擁有整片天空，
擁有溫柔的清風，也擁有在四季裡盛開的花朵，
這難道不是宇宙給你的愛嗎？
親愛的，你的存在本身，就是天大的恩賜。
不管你做了什麼，沒做什麼，
也不管你是什麼，不是什麼，
你都被造物主深深地、深深地愛著。

140

無論眼前看起來多麼荒蕪，只要記得，
你是自由的靈魂，是宇宙的遊子，
不管身在何處，終歸還是在宇宙母親的懷抱裡，
終究還是被愛的、安全的，
就沒有什麼好擔憂的。

141

親愛的，你也是這個世界的一部分。
你的肉身是地，血液是水，心跳是火，呼吸是風。
你是地水火風四大元素的組合。
組成這個世界的也組成了你，流過這個世界的也流過了你。
所以，親愛的，你怎能不愛這個世界？

142

被愛的感覺很美妙，但好好去愛更重要。
不是只愛特定的對象，而是愛天愛地，
愛世間萬物，愛一切有情眾生。

143

這片土地原本一片乾枯，
但在一場雨後長了青草，開了遍地野花。
你的心靈也需要接受雨露的滋潤，才能長成美麗的風景。
愛就是澆灌你的雨露，所以親愛的，請相信自己是被愛的。
被天地愛著，被無所不在的存在所愛。
那麼就仰起你的臉，接受愛的洗禮吧。
想像你是一株植物，而上天的愛像澆灌你的水，
沿著枝葉下流，直流到深深的根部，深深地滋潤了你。
然後，你會感到內在湧起一波一波往外擴散的喜悅，
就像無數花瓣的花朵，一層一層地開花。

144

萬物共有同一個存在。
萬物也就是這一個存在。
所以，親愛的，愛惜一片草葉，就是愛惜你自己。
探索一片星空，也就是探索自己的內心。

145

除了愛人以外，還要愛天愛地愛花愛草，
愛這世界上一切生靈。
懂得愛，也就會被愛，心就會被愛的甜味所充滿。

146

一朵小花為你盛開，你珍重她完美的存在。
花的美被包覆在你的喜悅裡，
你的喜悅被包覆在神的看顧中。
此時此地，無邊無際、無始無盡的瞬間和永恆，
花與你與神，同等也同在。

147

愛裡不可能有恐懼，
因為恐懼總是令人緊縮，但愛是綻放，
像花兒一樣，芬芳、美麗、愉悅地綻放。

148

被陽光擁抱，是什麼樣的感覺呢？
無邊無盡的溫暖覆蓋你，無遠弗屆的能量包圍你，
穿透了皮膚，進入了骨髓與血液，
解凍因為悲傷而封凍的心，鬆開因孤寂而僵冷的肢體。
於是你感到自已內外都在慢慢融化，漸漸成為一道涓涓流水。
於是你又一次願意敞開全部的自己，向這個世界輕快地奔赴而去。
親愛的，被陽光擁抱的感覺，正是被愛的感覺。

149

學習著好好去對待一朵花，
感覺她的柔軟，也讓她感覺你的柔軟。
而你的心裡也有一朵花。
善待那朵花的同時，你心裡的這朵花也在喜悅地綻放。

150

愛與被愛，就是有神在你心中，
有天使常相左右，這樣的感覺。

151

飄過的落花說：我愛你。
流過的浮雲說：我愛你。
拂過的清風說：我愛你。
親愛的，請牢牢記得，這個世界愛著你。
這份愛不帶任何條件，沒有什麼原因；
這世界就是愛著你單純的存在，只為了你就是你。

愛是善待

152

所有你給出去的，最後都會回到自己。
這是宇宙法則。
因此你若想得到愛，也必須先給出愛。
愛是宇宙法則。

153

愛一個人，要以他喜歡的方式對待他。
若愛他的方式正是愛你自己的方式，
那麼這樣的愛才是可長可久，
才能生生不息，才會心心相印。

154

愛必長久，愛裡無怨尤，
而且愛總是回應以愛。
所以，親愛的，請相信，
當你願意去愛，愛必然為你敞開。

155

如果他愛你，愛到連你的夢想一起愛進去，
那麼你和他才會有未來。
如果他愛你，愛到對你一切的經歷都充滿好奇，
那麼你和他才能分享所有的過去。
但不論過去或未來，最重要的是，
當下看著他的眼睛時，
你是否能在其中看見讓你喜歡的自己？
如果是的，這份愛才有美麗的現在，
他愛的也才會是真實的你。

156

同樣的一把琴，在不會使用的人手中
只會製造刮人耳膜的可怕噪音，
在擅長拉琴的人手中卻能彈奏出千迴百轉的動人天籟。
弓在弦上，彷彿是走在鋼索上，
需要平衡的力道，才能創造出美妙的音色；
一旦對位，那種和諧優美，
有如兩個靈魂的親密對話。
若是粗暴地拉扯必然傷了弓又斷了弦，
一個撕裂的高音之後就摧毀了一切。
愛是一把琴，
需要不斷地練習，需要恆久的耐心。

157

愛是最精美的食糧。

有了愛，心靈就被填滿，

生命就得到了香甜豐富的滋養。

愛是靈魂所需要的食物，

它滋潤了生活的乾渴，滿足了內在的空虛。

神奇的是，當你付出的愛愈多，得到的也就愈多。

也只有與他人一起分享時，你才能品嘗出愛的美味。

若是以愛為食糧，親愛的，你就永不匱乏。

158

一滴水只是一滴水，很容易就蒸發。

當一滴水匯入了大海，才會成為不絕的存在。

一粒麥子只是一粒麥子，封閉著它自己安靜的世界，

當一粒麥子落進土裡，才有可能成就一片麥田。

一個只愛自己的人，

就像沒有匯入大海的一滴水，也像自我封閉的一粒麥子。

親愛的，當你把愛自己的那顆心投向更廣大的外在，

愛才能成為流動的海洋，以及在風中搖曳的麥浪。

159

想要愛與被愛，
卻緊閉著心扉，處於內在關閉的狀態，
怎麼可能感應愛的存在？
所以，親愛的，打開你心中愛的開關，
感覺愛的流動，相信自己可以去愛，也值得被愛。
放開心胸，主動付出，不要吝惜對他人表示關懷。
如此，你才能接收愛的訊息，
你的生活裡，愛的畫面也將無處不在。

160

「只因為你的存在，我就感到我的存在；
只要你覺得幸福，我就覺得幸福。」
親愛的，你希望有人這樣愛你嗎？
你可以這樣去愛一個人嗎？

161

花兒從不拒絕蝴蝶的棲息，也不阻止蜜蜂來採蜜。
藉著吹過的風，花兒總是樂於
和這個世界一起分享她的香氣。
一朵花之所以美麗，不只是她的外表，更在於她的個性。
親愛的，你也要像花一樣，
不吝於展現你的優雅大方，你的甜蜜。

162

人與人之間互相映襯，彼此是對方的鏡子，
當你看見他人的可愛時，別人也會發現你的美好。
愛，就是這樣開始的。

163

為什麼你所愛的人總是愈看愈美？
那或許是因為，你凝視愛人的眼光裡，
包含了愈來愈深的愛。
就像那首西洋老歌的歌詞：
「如果你覺得我的眼睛很動人，
那是因為我正在凝視著你的緣故。」
可以這麼說，有愛的眼睛看什麼都是美的。
也可以這麼說，有愛的眼睛本身就是美的。

164

一句體貼的話語，一個溫暖的擁抱，
一通問候的電話，一份適時的禮物，
會讓愛你的人非常開心。
當他快樂了，你會更快樂。
而你也將發現，讓你愛的人幸福，就是你的幸福。

165

畫一幅畫，是因為喜歡畫畫時那種忘我的歡愉，
而不是為了能賣得一個好價錢。
唱一首歌，是因為喜歡唱歌時那種陶醉的快樂，
而不是為了能得到別人的讚賞。
愛一個人，是因為單純地喜歡在愛的當下，
那種全然付出的美好，而不是為了被愛的回報。

166

你要如何愛人呢？就像愛自己一樣。
自己希望得到怎樣的對待，就那樣對待別人。
你要如何愛自己呢？就像愛別人一樣。
你永遠都願意原諒犯錯的他，
那麼也永遠都要願意原諒犯錯的自己。
親愛的，你不但要愛人如己，
還要愛自己如愛別人一樣。

167

想要被別人愛之前，先做一個有能量的人吧。
想要去愛別人之前，先讓自己有愛人的能力吧。

168

你總是為你愛的人擔心。
擔心他不快樂，擔心他不順利，擔心他不能好好照顧自己，
這麼多的擔心讓你覺得好累。
所以，親愛的，把你的擔心轉為信心吧。
信任他有能力面對一切，也信任這個世界對他的善意。
因為有人如此相信自己，那會讓他從內在生出正面的力量來。
那樣的信任才是你所能給他的最好的祝福與禮物。
擔心裡有恐懼，而恐懼是愛的相反，
愛他就要信任他，那才是愛的途徑。

169

親愛的，你能在對方眼中看見自己的身影嗎？
或是，你喜歡對方眼中自己的樣子嗎？
如果是的，那麼這樁感情就是美好的，
如果不是的，那麼這段感情恐怕已經出了問題，
久而久之必然無以為繼。

170

愛總是有得有失。
得失之間，全看你以什麼樣的心境去體會，
如果你在意的是失去，你就只有失去；
如果你看見的是得到，你就真的得到。

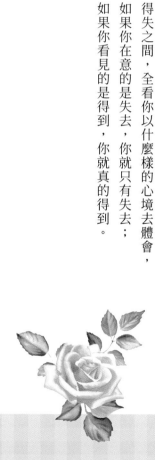

171

這個世界是一面鏡子，它反映的都是你內在的風景，
當你心裡的花開了，外面的春天也就來了。
所以，親愛的，請記得，永遠要做一個給得起愛的人！
因為有能力付出愛的人，一定也是被愛的。

172

喜歡親近花花草草的人，往往有著柔軟的個性。
可以好好照顧貓貓狗狗的人，往往有著善良的心地。
能善待植物也能善待動物，往往是願意不求回報去愛的人。
而可以這樣去愛的人，往往也是被天使眷顧的人。

173

不嫉妒，不優越，不會有黑暗的心思，
這樣的人，往往是很珍愛自己的人。
所以，親愛的，和愛他自己的人做朋友吧，
這樣的人，也總是能發自內心地去愛人。

174

自己和自己相親相愛，
是與別人相親相愛的基礎；
如果自己和自己都處不好，
是不可能和任何人處得好的。

175

你喜歡他，於是努力在他面前表現你最好的樣子，
期待他也來喜歡你。
但是，為了討他歡心，你漸漸不像你自己；
為了討他歡心，你漸漸討厭了自己。
如果讓他喜歡，付出的代價是不喜歡自己，
這未免也輸得太徹底。
親愛的，只要表現最真實的自己，那就是你最好的樣子了。
因此，先討自己的歡心吧。
自在快樂的你充滿迷人的魅力，誰能不喜歡你？

176

愛上別人難免有痛苦，
但是，更愛自己，卻是解除痛苦的良藥。
用一百分愛那人，就用一百二十分愛自己。

177

要如何確定一段情感是否應該繼續下去，
也許就是看看你喜不喜歡和那個人在一起時的你自己。
如果對方已經讓你開始對自我價值感到懷疑，
那麼就是該向他道別的時候。

178

你愛他。你說，你願意為他付出所有。
但是，親愛的，這份愛同時有讓你更愛自己嗎？
如果對他的愛可以讓你更快樂，同時也覺得自己更可愛，
那麼這份愛才也可能繼續存在。
若是愛他愈多就愛自己愈少，
若是他的影子愈大你的影子就愈小，
那麼，比愛他更重要的是，
親愛的，你應該先把自己找回來。

179

無葉的樹木無法給人遮蔭，乾枯的溪流也不能讓人汲水。
當你覺得心都被掏空的時候，要怎麼付出呢？
你無法給予別人你所沒有的東西，
要先讓自己飽滿起來，才有能力給予。
因此，親愛的，先照顧好自己吧，
先把自己當成第一個愛的對象。
就像一棵樹要綠蔭滿枝，才能讓樹下的人清涼。
也像一條河要清澈豐盈，才能給路過的人解渴。

180

雖然風沒有定性，從不為誰停留，但風鈴並沒有任何怨尤，
她只是歌頌風的來臨，卻不曾悲歎風的離去。
人與人之間的緣分往往也是如此，瞬間相遇之後就是瞬間別離，
但毋須悲傷，只要在交會的時候好好對待對方，
錯身之後也就不需要有任何遺憾，
一如當風拂過風鈴，那輕盈愉悅的歌唱。

181

人生總是一期一會，
在時間長河的往前奔流裡，每一次相會都是稍縱即逝的水花。
人生就是一期一會，
沒有人能回到從前，每一個當下都是永不復返的時光。
親愛的，懷著一期一會的心情，
去對待每一個人，去珍重每一次的相會。

愛是放鬆

182

一段令人感到舒服的關係，
正是如風一般的關係。
讓愛成為很深的放鬆，
像風一樣，自由自在、來去穿梭，
在你與他之間流動。

183

雲從來沒有固定的形狀，沒有疆界感，
總是凝聚了又散佚，隨時可以與天空合一。
愛著那個人的時候，你的心也鬆成了一片雲，
消融了自我的疆界感，隨時可以與對方合一。

184

人世間最重要的東西，並不是靠努力得來的。
例如快樂，緊繃的人是不會快樂的。
例如愛，緊張的對待是沒有愛的。
親愛的，無論是快樂還是愛，
都是因為懂得放鬆而來的。
因為放鬆，你與他的關係才能愉悅地流動。
因為放鬆，你接受當下的一切，快樂自在其中。

185

簷前的風鈴為什麼叮叮呤呤地唱著歌呢？
因為她在歡迎風的來訪。
當風來時，風鈴總是很歡喜，
所以她以自身的震動來全心全意地與風共鳴。
親愛的，當那個人來臨時，
你也要像風鈴一樣，以無所保留的情感去與他共鳴。

186

在他身邊，你彷彿奶油溶化在濃湯裡，
這份關係充滿芳香滋養的氣息。
不在他身邊，你也可以享受一個人喝湯的滋味，
和自己安然愉悅地相處。
無論他在或不在，你都放鬆自在，
親愛的，這是愛的美好狀態。

187

因為他愛你，所以他願意看見的是真實的你，
而不是一個精巧的人偶。
因為你愛他，所以你願意在他面前呈現你最自然的樣子，
而不是一個經過美化的幻影。
愛是什麼？親愛的，
愛就是一種甜美的放鬆，在兩人之間自在地流動。

188

當他對著你微笑的時候，你彷彿聞到了花香。
也許每一朵微笑，
都會讓這個世界上的某一朵花綻放。
當他對著你微笑的時候，你覺得心都鬆開了。
也許每一顆鬆開的心，
都會讓這個世界上的某一顆種籽發芽。

189

如果你喜歡他，就約他去散散步吧。
什麼也不用做，只是彼此陪伴，漫無目的地隨意走走。
散步讓你和他處於流動的狀態，那是最自然的狀態。
就像天上的流雲或是飄過的落葉，
一切都優閒，一切都悄悄發生在流動之中。

190

愛應該會讓你放鬆，而不是令你緊繃，
所以如果他就是那個人，
那麼當你躺在他的臂彎中時，
你將會覺得就像躺在你的浴缸裡一樣自在。

191

無論是源遠流長的大江，或是細細綿延的小溪，
一條河總有兩岸，水才能在其中流動。
你和他，也是一條河的兩岸，
愈是相愛，愈是要給彼此足夠的空間：
如此，愛才能像河水一樣，在你們之間流動。

192

愛不該是僵硬的冰，應是流動的水，
令人放鬆與自由。
他若能在你的愛裡愉悅地放鬆，
並感到全然的自由，
那麼他一定會發自內心地愛著你，
像白雲愛著天空，魚群愛著海洋。
親愛的，以讓他放鬆的方式愛他，
讓他在你的愛裡快樂地徜徉。

193

當你愛的是完美，你就很難愛自己。
因為對於細節的挑剔永無止境，結果你沒有得到完美，
卻得到了對自己的永遠不滿意。
所以，放下對完美的執著吧，
離開那個焦慮的地獄，回到快樂輕鬆的自己。
親愛的，請記得，不要成為完美，只要成為自己。

194

「只要靜靜坐著，什麼也不做，
草木就會生長，春天就會來了。」
神秘學家這麼說。
靜靜坐著就好，讓一切自然發生。
親愛的，隨遇而安吧。
創作如此，生活如此，愛也是如此。

195

你帶著捕蝶網在花叢間來回奔跑，
卻怎麼也捕不到那隻美麗的蝴蝶。
當你丟掉捕蝶網，靜靜站在原地，
不再焦躁心急，散發出輕鬆柔和的愉悅氣息，
蝴蝶才會把你當成大自然的一部分，
才會覺得你的存在也像一朵花，
才會歡欣地在你的肩頭棲息。
親愛的，美好的愛情恰似與蝴蝶相處，
你無法強求，只能讓一切在自然之中自然地發生，
這就是愛情的奧秘。

196

植物的光合作用是吸入二氧化碳，吐出氧氣；
而你吸入氧氣，吐出二氧化碳。
你與植物因而共有一個美妙的循環，與萬物一同呼吸。
呼吸因此成為你的內在心靈與外在世界的聯繫。
同樣的一片大氣也進出著你所愛的人，
無論遠近，你們都呼吸著一樣的空氣。
於是你與愛也有了聯繫。

197

對自己感到茫然，也對這個世界失去信心的時候，
去看看山，去聽聽海，去感受無所不在的神性存在。
而你是被包覆在存在中的存在。
親愛的，當你與廣大的世界連結，就會知道，
你是安全的，被愛的，一切都會很好的。

198

雲的流動，花的生長，都輕盈自在。
所以，親愛的，你也順其自然吧。
凡事輕鬆以對，一切才能流暢地運作。
順應宇宙之流，正如雲的流動，花的生長，
有其看不見的內在脈絡；
當你將自己交託出去，帶著愛的感覺去行事，
世界自然會為你轉動。

199

像是追逐一隻美麗的蝴蝶，
卻在毫無預期之下進入一座秘密花園；
或是抬頭仰望欲雨的天空，
卻驚鴻一瞥天邊稍縱即逝的閃電。
愛的發生，總是在那輕輕的一瞬間。

200

蝴蝶追逐蝴蝶。小野花的臉頰染上紅暈。
偶來一場纏綿細雨，訴說戀人絮語。
一群燕子飛過，在天空寫下一行驚鴻一瞥的詩句。
湖心將一片落葉擁入懷中，輕輕緩緩地蕩漾蕩漾。
櫻花落了，枝椏之間開始孕育櫻桃色的果實之夢。
葉影風搖，情生意動。雨後的青草香裡有陶醉的味道。
麗日當前，處處都是野生的甜言蜜語，處處都有遍地溫柔。
親愛的，別辜負了這個季節，
去和天地談一場心心相印的戀愛吧。

201

追求完美是個無間地獄，
永遠都充滿焦慮、不安、緊張與自我挑剔，
所以，現在就離開那個地獄吧。
愛是接納，愛自己就是接納自己，
親愛的，當你愈能放鬆，愈能接受自己的不完美，
就愈能愛自己，也愈能去愛別人。

202

如果你的內在是一個宇宙，
你的恐懼就是這個宇宙裡的黑洞，
送愛給你的恐懼，
恐懼就是你的內在等著被愛的地方。

203

撫摸一隻貓，要順著她的皮毛，
她才會感到你的寵愛，你才會感到她的柔軟。
被愛的貓總是長得很美，
擁有充滿光澤的毛色，眼中也不會有驚恐的神色。
親愛的，愛與被愛也會讓你的靈魂變成一隻貓，
彼此之間的和諧也會撫順你所有的皮毛。
一份愛與被愛的關係應該讓你覺得很舒服，
不該是不安，不該在心靈深處有驚恐。
所以，他是真的愛你嗎？
問問你心裡的那隻貓，她的眼神會讓你知道。

204

如果兩人在一起分享的不是彼此的快樂，
而是相互折磨的悲傷和愁苦，
那麼這段情感遲早總有走到盡頭的一天。
所以，親愛的，為了他，更為了你自己，
在愛他之前，請你先學會一個人的快樂。

205

真正的愛會鼓勵你盡情展現自我，
給你滋養，讓你喜悅，
而不是讓你像一朵漸漸失去水分的花。
親愛的，和真正愛你的人在一起，
別讓自己陷溺在一段痛苦的關係裡，
這才是愛自己的方式。

206

你是愛他的，
但是當你想要去改變他、控制他，甚至擁有他時，
這份愛就變質了。
這份愛不再滿懷喜悅，而是帶著痛苦。
會讓你痛苦的不是愛，而是愛的不在。
所以，親愛的，先回到自己身上來，先給自己滿滿的愛。
當你不再為他患得患失，你才能真正欣賞他的存在。
當你感覺到自己的存在，你也才能感覺到愛的存在。

207

再親愛的人之間，也要能夠放心與放手。
親愛的，在任何一段關係裡，當你輕鬆了，
兩人之間就能愉悅地流動，也才有天長地久。

208

愛情也有賞味期限，也是限量製造，
所以不值得把時間浪費在
嫉妒、控制、猜疑、賭氣、冷戰、熱吵……
這些負面的情緒上。
愛情像是最珍貴的巧克力，
應該趁著新鮮，好好享受那份美味。

209

愛是一條河，無法流動的愛不能奔向大海，
當兩個人一起動彈不得時，
就回到自己一個人流動的狀態吧。

210

花兒的開花與果樹的結果都沒有任何勉強的成分，
它們只是毫不保留地接收天地之間的風霜雨露，
然後以開花結果做為回報整個宇宙之愛的禮物。
所以，親愛的，你也要放鬆，
讓一切順其自然地發生就好。

211

有些事不是努力就可以得到的。
就像你無法努力讓一個人愛你。
就像你無法努力讓一個人只想和你在一起。
親愛的，你唯一能做的，
是好好做你自己。
強求無用，愛的發生只能順其自然。
所以，別去搖撼樹幹，
只要輕鬆等待，讓該掉落的葉子自己輕輕掉下來。

212

前方永遠充滿了各種美麗的可能，
可能有另一個人也正在獨自安然地走過日夜與四季，
等待著與你相遇。
在那一天到來之前，你要讓自己一個人的日子過得好，
只有時時刻刻都能自得其樂的一個人，
才有可能獲得兩個人長長久久的幸福。

愛是自由

213

就像凝視一隻蝴蝶美麗的飛舞，
或是靜靜看著白雲從你的窗前緩緩飄過
所感受到的那種幸福，
當你愛著一個人的時候，你的心裡很清楚，
只有愛的感覺是你的，
但是你愛的那個人並不是你的。

214

你把他放在心上，卻不必為他牽掛。
因為他是他而你是你。
因為他有他的天空，你有你的海洋。
因為你們是單獨的兩個個體。
因為再相愛的兩個人之間還是該有風與風之間的距離。

215

關心一旦越了界，
就會在不知不覺之間成為一種精神上的掌控。
但一個人是不能去控制另一個人的。再愛都不能。
你以為那樣是對他好，
其實是你以為的好，卻不見得是他認為的好。
如果真為他好，就讓他自由地成為他想要長成的樣子。

216

愛是接納真實的他，
而不是要他變成你理想中的那個人。
親愛的，不要以關心之名行掌控之實；
那不但是愛的霸凌，而且也霸凌了愛。

217

每個人的心裡都有不能讓別人輕易進入的角落，
所以，當他需要獨處時，請尊重他的自由意願。
那是他面對並重整自己的時候。
他需要這樣的過程，就像砂礫需要一段靜止在蚌殼裡的時間。
當蚌殼終於開門，砂礫必然已經化為晶瑩的珍珠。
當他終於開門，也將擁有更清明的心境，
然後，他也會更知道如何來愛你。

218

愛一個人，不是時時刻刻的黏膩，
而是在他需要的時候放心和放手，讓彼此都自由。
親愛的，當你和他之間有了月光可以穿透的空間，
讓彼此都舒服的微風才能在你們之間輕快地迴旋。

219

真正愛一個人，是愛他本來的樣子，
而不是試圖把他改造成讓你滿意的樣子。
愛是接納，不是要求。
當你對他的要求多過對他的接納時，
這份關係也就不是充滿愛，而是充滿負擔了。
親愛的，愛他就讓他自由地做他自己，
當他快樂，你們之間也才有快樂。

220

愛裡不該有恐懼，
所以擔憂別人有一天可能離開你的那種感覺不是愛，
只是恐懼。
真正的愛不僅是釋放對方，祝福他自由發展生命的旅程，
更重要的是釋放自己，清除內在的恐懼與憂慮的負面情緒。
所以，親愛的，愛不是佔有，而是自由。

221

愛情原本應讓你感到甜美與豐盈。
如果對你來說，愛情只有憂慮不放心，
那麼，也許是你錯待了對愛的期許。
當你全部的心思都繫在愛人的身上時，
你就被那條叫做「執著」的繩索綁住了，
而你無法掌握它，只是窒息了自己。
唯有懂得放下，你才能真正擁有。
唯有解開對自己的束縛，你才能呼吸愛的氣息。

222

如果他愛你，
不會拿某種目標要求你，不會以某個模型塑造你。
如果他愛你，
他會欣賞你的特質，也會希望你維持真實的自己。
親愛的，你就是你，不是玩美人偶的幻影，
如果有人以愛之名企圖改變你，
那麼那人或許還不明白愛的真理。

223

無論是愛或被愛，
都不該失去一個人最可貴的自由與尊嚴。
所以，親愛的，雖然你愛著他，
但不要以為他就是你的全世界。

224

愛，是讓彼此自由。
因為你愛他，所以讓他自由。
因為他不愛你了，所以感謝他讓你自由。

225

你在野外看見一朵花，喜歡她的美，但不要把她帶回家。
因為一旦離開她所生長的地方，那就是枯萎的開始。
讓她留在清風原野上，歡喜自在地做她自己，
而不是成為你花瓶裡的擺設，漸漸失去她的色澤與香氣。
愛一個人，就從愛一朵花開始。

226

愛不是把對方據為己有，否則他不過只是你愛的囚犯。
愛，應該是一只天空裡的風箏，
一旦斷了線，你只能微笑地看著它飄飛遠走。

227

一朵雲慢慢飄過來，映照在一片湖水之上。
雲與水靜靜對望。水上有雲，雲中有水，雲與水心心相印。
不久，雲又慢慢飄走了，遠了，淡了，最後看不見了。
雲沒有停留，水也沒有不捨，
一切都是淡淡地發生，然後淡淡地結束。
隨緣也是一種美，你與他之間的順其自然也是一種緣分。

228

當柔情的魚愛上飛翔的鳥，
那麼，享受你的水域，也尊重他的天空，
你有你的悠游，他也有他的自由。

229

當一隻自由的鳥，你才能擁有整個天空。
當一隻自由的魚，你才能在流水中悠游。
放開了一段不快樂的情感，你才能得到做自己的自由。

230

愛像一隻小鳥。
你要給她自由，讓她飛翔，放她到遼闊的天空去遨遊。
這樣愛才會快樂，才能唱出真正歡愉的歌聲。

231

愛像一隻小鳥。
你必須明白愛是有翅膀的，
展翅高飛後是可能一去不回的。
但你的心卻是那片天空，
無論愛飛得多遠，你都看顧，也都包容。

232

就像一隻小鳥不能變成一架飛機一樣，
一個人若是無法依照他的本質去活，不會快樂。
但你是愛他的，當然希望他是快樂的。
所以，親愛的，愛他就愛真正的他，
了解他，傾聽他，但不要試圖改變他。

233

你說你愛他，但是你的眼中有淚，神情疲憊。
如果一段感情需要耗費很大的能量才能維持，
甚至把你的心都掏空，那麼這段感情一定不對。
親愛的，愛一個人不該那麼累。
愛應該會帶著你上升，帶著你飛翔，
讓你感到輕盈，並覺得自由。
而不是拖著你下墜。

234

雖然結束的時候到了，
可是眞正的自由，也是從這裡開始的。
不再受制於一個人、一種情感、一段關係，
熬過所有負面的情緒之後，甚至不再受制於一截記憶。

235

一旦開始盤算利益得失，愛就消失了。
愛與自由無法存在於充滿算計的心靈中。
當你對一段關係沒有預設任何獲得，不抱持任何期待，
也不是以交換為目的而付出，自由才可能存在。
而親愛的，唯有自由存在，愛也才會存在。

236

「我愛你，因為我需要你。」這樣的愛，是功利的愛。
「我需要你，因為我愛你。」這樣的愛，是依賴的愛。
「我愛你，只因為你是你。」這樣的愛，才是自由的愛。
自由的愛，是愛的最高級。有人這樣愛著你嗎？
親愛的，你可以這樣去愛人嗎？

237

也許你曾經把一隻鳥關進鳥籠，但這隻鳥並不是你的。
也許你還用捕蝶網捕過一枚蝴蝶，但這枚蝴蝶也不是你的。

當你打開籠子放鳥去飛，
而牠卻願意飛回你的身邊時，
你們之間才有了真摯的依戀。
當你心甘情願地成為一朵花，
而蝴蝶也心甘情願地棲止在你的掌心時，
你們之間才有了美麗的馴養。

238

當你們在一起的時候，
只需要單純地感覺那份明淨美好。
當你們不在一起的時候，
就讓自由的風在你們之間穿梭舞蹈。

239

時移事往之後，
對於那段情感，那份留戀，那種傷痛，
就讓它像那條小船一樣，留在過去的水邊吧。
親愛的，對待感情要提得起，也要放得下，
人生才不會拖泥帶水，才能在過河之後，
繼續悠然地往前走。

240

一如落花沒有任何牽掛，當轉身之後，
親愛的，你也要學習那份完全的放手。
然後，你會得到真正的自由。

241

有一種愛，是一直不離不棄，始終緊緊相守。
也有一種愛，是釋放彼此自由，從此轉身離開。
人生有太多必須告別的時刻，但此情長在，
並非只有朝朝暮暮在一起才是相愛，
天各一方也不等於愛的不存在。

242

愛情的來臨與離去，
都不受制於人的意志，而屬於神的安排。
因此當它來的時候就接受它的來臨，
當它去的時候也接受它的離去。

243

你是一艘小小的紙摺船，航行過人生的雲影天光。
船過水無痕，又有什麼是真正地發生？
世界是遼闊的水面，愛與夢還在前方。

244

注定要開的花一定會綻開，
注定相遇的人一定會遇見，
緣分的程式寫在宇宙的法則裡，
一旦時間到了，愛情的種籽也就發芽了。

245

兩個人會相遇，其實都不是偶然，
而是彼此身上有某種頻率相近的雷達，
發出相互召喚的電波，吸引對方靠近。
因此，親愛的，你有怎樣的心靈品質，
就會有怎樣的人出現在你的情感生活裡。

246

心動的感覺，就像一片落葉輕輕墜落湖面，
是那樣優美，那樣安靜，卻又泛起一圈圈難以止息的漣漪。
這種感覺不需要說出口，因為言語必然是不足表達的，
所以，把它放在心上就好，
讓那片落葉引起的漣漪去慢慢地蕩漾，這樣就好。

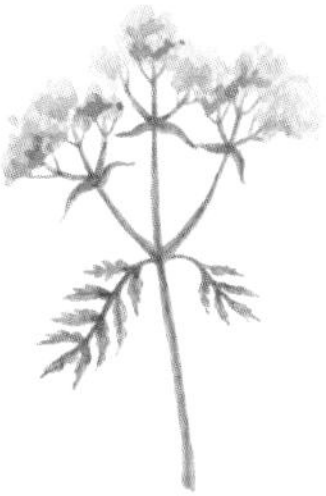

247

從來沒有開始的戀情，
也就是永遠不會被現實磨損的夢境，
那些細緻幽微的情意，
是寫在清風流水之上的詩句。
後來你會展開一段又一段各式各樣的戀曲，
卻不會再有那樣純潔的心境。

248

耐心等待一段初生的情感，像等待一串還沒成熟的葡萄。
等著陽光為它加溫，雨水給它滋潤，
等著每一個發光的白晝藉著蜂蝶的耳語帶來思念，
等著每一個靜默的夜裡讓美夢增添它的甜度。
這樣，當採收的時期來臨，你才能嘗到那沁人的滋味。
所有的成長都需要等待，一串葡萄如此，一段感情亦然。

249

許多你想要的，都需要時間。
當時間到了，你才能得到一個答案，或是一個結果。
在這之前，你只能靜心等待。
也正因為時間未到，所以你還有時間去努力，
努力讓自己更好，努力追求你的想要與所愛。
親愛的，美好的禮物總是值得長久的期待。
那麼，當禮物被時間的手打開，
必然也值得你所有的等待。

250

愛情往往是心與心之間的相互呼喚，
看起來的巧遇，其實都不是偶然。

251

當一朵花準備盛開的時候，她不會擔憂風和雨，
只是帶著深深的喜悅，盡情地綻放她自己。
當你準備好好去愛一個人的時候，
一朵花就是你最好的榜樣。

252

你和他在一起的時候，像是水邊的兩株蘆葦嗎？
水邊兩株蘆葦的關係，是自在的關係。
從容的關係。
行雲流水的關係。
也是隨時可以深入與結束的關係。
而這樣的關係，才是可長可久的關係。

253

有一種聯繫心靈的東西，
化解了人與人之間的邊界，
它的名字是「愛」。
愛，一種芳香的神奇膠水，
可以消融人們與生俱來的孤獨，
把你的心與他的心黏合在一起，
讓兩個人靠近。

254

重要的永遠是從內心發出的。
有一張美麗的臉，只是美了一個人；
有一顆美麗的心，才會美了整個世界。
因此，當你喜歡一個人，
喜歡的並不是他的臉，而是他的心。
親愛的，你喜歡自己，
也是因為知道自己有著一顆美麗的心。

255

眼睛是靈魂之窗，與心相通。
所以，親愛的，如果你覺得這個世界美麗又可愛，
那必然是因為，你的心裡有愛，
而且，你的眼睛也一定很美。

256

與別人相處整個白天，就要與自己獨處一個夜晚。
往外在開發多遠，就要往內心探索多深。
愈是愛他，就要愈愛自己。
親愛的，這些都是很重要的自我平衡。
如果失去了準心，人生將會往一邊傾斜。
一旦傾斜了，你要如何像鳥兒一樣凌空飛翔，
又如何像魚兒一樣自在悠游呢？

257

若能夠打造飛往太空的火箭，
卻不知道通往自己內心的幽徑，
這樣的人生又有什麼成功可言呢？
親愛的，給自己多一點點的時間，常常和自己談心。
當你走入內心的幽徑愈深，就愈了解自己，
也愈懂得愛自己。

258

所有精緻的能量，都有一個純度百分之百的核心。
而親愛的，世界上最珍貴的東西，
就是以你為核心的那顆心。
用這顆心去愛人，也用這顆心來愛自己。

259

你說，你想去尋找世界上最美的花，
你相信一旦找到了那朵花，
你人生裡的一切迷惑都可以得到解答。
但也許你該做的不是向外尋求，而是往內探索。
那朵最美的花就開在你自己的心裡，
當你的內在旅程到了一定的深度，就會找到她。
親愛的，愛你自己吧！往內探索你自己！
你就是獨一無二的花，就是一切的解答。

260

如果實在無以為繼，就別再眷戀這個僵局。
與其陷溺於兩個人的荒涼，不如享受一個人的清靜。

261

正是因為很深的愛過，所以才有很深的傷痛。
愛的創傷在心上留下了痕跡，成為你有過的曾經。
你可以把它當成一道不願再回想的傷疤，
也可以讓自己釋懷，把它看成一個經驗的印記，
一次愛情存在的證明，一朵開在往昔的花。
只要正面思考，你所經歷的一切都有了意義，
否則就只是空虛的傷痛而已。
是一道傷疤還是一朵愛之花？
親愛的，這是你的自由心證，永遠只能由你來回答。

262

一切的一切，所有的所有，
都將回歸心靈安歇的水邊。
即使是愛情的結束與幻滅，
都有它神秘的追尋與優美的實現。

263

與其往外尋求，不斷地向別人討一杯情感的水，
不如往內開發，為自己的心靈鑿一口井。

264

你把他放進你的眼中和心底，
卻不能把他放進你的手裡。
愛的目的不是為了兩個人的窒息。
你無法擁有他，更千萬別讓對他的那份懸念擁有了你。
所以就把對他的愛當成一場蝴蝶與白雲的相遇。
來去之間，他還是他，你還是你。

265

心念是一切的開始，
所以，親愛的，常常檢視自己的心念，
看看自己對愛的感覺。

266

有花在枝頭上時，你看著有花的美麗，喜歡那樣的芬芳。
無花在枝頭上時，你看著無花的空寂，感受那樣的無常。
心上有人的時候，你走到哪裡都承擔著甜蜜的喜悅和重量。
心上無人的時候，你獨自穿越每一條街道，
自由輕盈如風飛揚。
親愛的，有花無花都很美，有人無人也都很好，
就像晴天可以曬曬太陽，雨天可以安靜地思量。

267

愛情有時像是霧裡看花，
不要追溯以前，不能追問以後，
只要感受那份當下的美麗就好，
其他無法多想，更無須強求。

268

有一些歌，你一聽就喜歡。
也有一些歌，你要多聽幾遍，
心弦才會漸漸被觸動。
人與人之間，不也是這樣嗎？
有一些人，你一見就覺得有好感。
也有一些人，你得深入他的世界，
才會在不知不覺中悄悄為他而心動。
有些緣分需要歲月來證明，
愛上一首歌如此，喜歡一個人亦是。

269

你無法要求一朵花立刻綻放，
就像無法要求一個人照你的意願來愛你。
花的開啟和愛的發生都有其神秘的旨意，
只能順其自然。

270

你一直在追尋。
追尋愛，追尋肯定，追尋各種形式的安全感。
但是，親愛的，真正的追尋不在外面，而在裡面。
當你開始內在的旅程，就能感到上天的祝福與你同在。
當你終於找到愛的聖杯，也唯有你能為自己加冕。

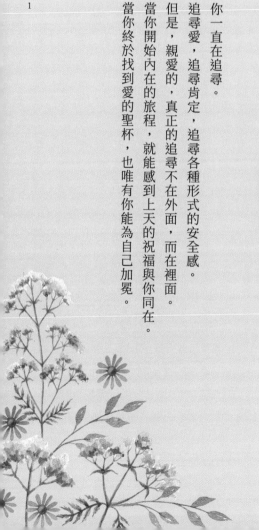

271

就像花謝之後，別再試圖攫取空中的餘香，
也別再期待逝去的愛情會再回來，那早已不復存在。
只要相信，所有的得到與失去都有意義；
昨日有昨日的花落，明日有明日的花開。

272

喜歡和愛，有什麼不同呢？
喜歡可能是一時的心動，或是長久的迷戀，
喜歡的感覺會隨著你的心情而改變。
而愛則像恆星靜靜地發光，
不是一時，也不是長久，
愛是永恆。

273

會開的花一定會開，會來的人一定會來。
但是，當花要謝，人要走，這一切也無法強留。
花開了，人來了；花謝了，人走了。
這不過是自然法則，無關是非對錯，
你無須失落，不必悲傷。
愛的奧義在於曾經擁有並分享那個經驗，而不是佔有。
因為誰都無法佔有，那從來只是奢求。
所以，親愛的，接受一切的發生——
花開過就好，人來過就好；
花謝了也好，人走了也好。

愛是思念

274

據說，當迎面而來的風掀起你額前的髮絲，
就是遠方有人正在想念你的時候。
從南極到北極，從西經到東經，
因為大氣的流動，使整個地球成為同一個空間。
而大氣的流動，就是風的流動。
所以起風的時候，
就是彼此想念的人們心意相通的時候。

275

想念是一種超越千山萬水的心靈呼喚。
因為聽見他的呼喚，所以你想起了他；
因為聽見你的呼喚，所以他想起了你。

276

你想念著某個人，但他不知道。
或許也有某個人想念著你，而你也不知道。
可是，當風輕輕吹過你的髮梢，
當你的心莫名地被一陣愉悅的感覺所動搖，
那就是你的念波和某個人連接上了。
可能是你正在想念著的人，
可能是正在想念著你的人，
也很可能這兩人是同一人。
人與人之間微妙的心靈連結，風兒都知道。

277

當你的心上有了他的名字，
你的整個世界就悄悄化為一片水澤，
到處都是他揮之不去的倒影。
心上的人一如水上的影，
若有似無，虛幻迷離。

278

從未盛開的花朵，從未綻放的感情，
譜成了一首從未完成的歌，
在寂靜的夜裡無言地吟唱，
唱給飄過的風聽，唱給流過的水聽，
唱給有緣無緣的有情眾生聽。
於是，未完成也成為了一種完成，
所有的遺憾都還給了天地。

279

一朵花若始終在將開未開的狀態，
那麼就保持了那樣的純淨美麗，
不必經歷凋零萎謝，永遠沒有灰飛煙滅。
親愛的，有些感情最適合的是放在心底。
畢竟有開始就一定有結束，
那麼如果從未開始，也就永遠不會有結束。

280

在年少時能夠全心全意去暗戀一個人，
是一件多麼珍貴的事情，
也只有這個時期可以這樣單向地喜歡一個人，
所以好好去感受那種單純的感覺吧，
即使其中有淡淡的憂傷，
也是清風與微光，也是明淨與美好。

281

也許你念念不忘的並不是他，
而是喜歡他的那個時期的青春無邪的你自己。

282

想念他的時候，就用愛自己的方式去愛他，
讓自己快樂、豐富而美好。
這是想念一個人最好的方式。

283

親愛的，當你真的愛他，那份愛就像月光，
也許它曾經隱沒在雲層裡，也許你暫時看不見它，
但你知道，它一直都在天上，
就像他一直都在你心裡一樣。

284

愛情是一種能量。
親愛的，你應該從這優美的眷戀裡汲取能量，
而不是任由痛苦的想念耗損了能量。

285

想念他的時候，帶著微笑，
讓宇宙推動正面的力量，
傳送你對他的愛與祝福。
親愛的，微笑去想念，
你的心意，他會收到。

286

當你在月下思念著他的時候，
常常也正是他想起你的時候。
月下適合想念，
一輪明月，讓你和他之間有了超越距離的連結。

287

在這眼前所能看見的世界之外，還有另一個看不見的世界，
以人與人之間的念波為網路，傳遞著潛意識裡的訊息。
因此，當你正在想念他的時候，
也就是他的潛意識接收到這個訊息的時候。
這兩者同步發生。

288

人與人之間的心靈都是相通的啊。
所以，親愛的，當你想念他，
就在心裡對他盡情傾訴你想要說的話吧，
因為你們的心靈是相通的，所以他都會收到的。

289

心靈相依的兩個人不必時時刻刻在一起。
想念著他的你應該也給他想念你的距離。

290

如果你愛他，就不要擔心他。
擔心他，就是在送負面能量給他。
因為這個世界是個隱形的信息場，
無數的念波在其間穿梭，如果想著他的時候，
你的心中是一片愁雲慘霧，
那麼他也將感到莫名沉重的壓力。
所以，親愛的，如果你愛他，就愉快地想他。
只要愉快地想他，宇宙間的善意就會包圍著他。

291

親愛的，你在愛裡，就像魚在水裡。
當有一天，小魚離開水之後，才會知道水的存在。
當有一天，愛你的人離開了你，你也才會知道愛的存在。

292

你與他各據天涯一方，不知什麼時候才能相見。
那麼，當你想念他的時候，就抬頭看看月亮。
月亮總是掛在天上，不離不棄，
照耀著過去，也照耀著前方。
而在這個當下，親愛的，就算相隔再遠，
你們也還在同一個永恆的月下。

293

愛是一種無聲的呼喚，互相牽繫的兩顆心都會聽見。
念波的力量無限強大，
讓彼此念念不忘的兩個人即使分隔兩地，
也會不約而同地為對方守候。
只要懷著一份對於未來的盼望，並且相信愛的存在，
那麼，相愛的你和他，一定還有相見的時候。

294

那個人彷彿是你心底的一道伏流，日日流淌過你的胸口，
關於他的記憶，使你在與他分別很久很久以後，
還無法對任何人輕易說出口。
這份無法實現的情感，雖然令你深深悵惘，
但親愛的，卻也是這樣的遺憾，
成為你生命中無可取代的美感。

295

人與人之間都是時效限定的因緣，
像風中飛絮偶爾相遇，像水中浮萍錯身而過，
留不下也抓不住，不是你能左右，
你只能看著飛絮遠揚，看著浮萍漂流。
親愛的，對這一切，你唯有釋然，
只要在相處的時候曾經有過真心的交流，其實就已足夠。

296

有些故事，留給從前就好，
有些思念，收在心裡就好。
有時候，愛是訴說，
也有時候，愛是什麼也不說。

297

再多的思念，他還是他，你還是你；
你們曾經相伴了一段美好的時光，
曾經共享生命中夢一般的幸福，
但你們終究還是兩個獨立的個體。

298

親愛的，不要因為過度思念一個人而失去了自己，
要記得，雖然沒有了他，你也還有你自己。

299

當你把一個人放在心上，就有了思念的重量。
這是甜蜜的重量還是苦澀的重量呢？
所以，親愛的，你該想著他還是放下他呢？

300

每個人都有自己的人生旅程，
許多時候也只能自己一個人走，
所以在還有機會相處的時候要及時去愛，
那麼當必然的離別到來，也就不會留有太多遺憾。

301

只要一想起摯愛，他就宛如來到眼前。
所以，親愛的，只要思念還在，愛還在，
你所愛所思念的人也就還在。

302

愛的回憶有如貝殼含著砂礫，
總是在你心底的海潮裡，結出晶瑩的珍珠。

303

思念以念波的形式存在。
每當你想起了他，
你的世界就抵達了他所在的地方。

304

要在一切都還來得及的時候善待別人，
尤其是那些對你來說很重要的人。
那麼，當有一天，必然的離別來臨的時候，
你會記取兩人之間曾有的美好，
而不是遺憾不曾好好對待彼此的悲傷。

愛是放手

305

有時，去做什麼很重要，
也有時，不做什麼更重要。
有時，好好去愛一個人很重要。
也有時，好好去告別一段感情更重要。

306

一切的一切，所有的所有，
都將來了，又走了。
如果不走，就會變了。
與其看著那些曾經讓你感覺快樂與幸福的美好變質了，
不如放手讓它們離去了。

307

失戀是一個認識自己的過程，
失戀也並不如你所以為的那樣悲慘，
你可能失去一個舊人，
卻得到了如獲新生的自己。

308

失戀並不是世界末日，
而是讓你更清楚地看見真正的自己。
因為過去的你有能力投入那麼深刻的情感，
所以現在的你也才有能力承受這樣強烈的痛苦。

309

緣分如果已經走到散局，再多的不捨都沒有意義，
那只是和自己的拔河而已。
你以為是放不下他，其實是不肯放過自己。
所以，親愛的，只要甜蜜，但不要黏膩。
在一起的時候，享受相聚的快樂就好。
分手的時候，要有離去的勇氣，雲淡風輕。

310

就像流水把浮萍推向落花，不可知的機緣也把你推向他。
看來是隨機式的碰撞，其實是命運精巧的安排。
當無可避免的分離來臨，你應當明白這並非任何人的錯，
它只是早就被寫好的故事的一部分而已。
然後，就像下一波流水會把浮萍推向另一朵落花，
下一個機緣也會把你推向另一個他。

311

親愛的，你看過靜止不動的流水嗎？
或是遇過不會往前飄移的雲朵？
正因為萬事萬物移動的本質，
所以那些美好才會來到你身邊。
既然你曾經帶著微笑看著它們來到，
那麼也就帶著微笑祝福它們遠走吧。

312

愛情是一種生命能量，
情投意合時產生的是正面的能量，
情意不再時產生的是負面的能量。
所以置身天堂時就全心全意投入，
墜落地獄時就盡早抽身離去。

313

咖啡要喝得恰到好處，就不能過量。
你的愛情也像咖啡一樣，
若要愛得恰到好處，也不能過量。
愛情，應該是讓你感到
喜悅、甜美與豐盈，能昂揚你的精神。
愛情如果讓你感到的是
強烈的掌控、嫉妒與佔有，只是使你目眩與頭疼，
那麼，即是你應該暫時放下這杯愛情咖啡的時候了。

314

如果愛情是一朵花，可以一直停留在盛開的狀態嗎？
但有花開就有花落，這是生命的自然法則。
除非，把那朵花冰凍，或是製成花的木乃伊。
這樣，花兒或許可以維持她盛開的姿態，
沒有萎謝，沒有消亡。
可是，也沒有了生命，沒有了芬芳。
對待愛情，人們總是有著期待永恆的癡心妄想。
誰都希望愛情永遠是一朵最美的花，是最盛開的綻放。
但世上沒有不凋的花，就像沒有只有快樂的愛情。

315

就像樹枝要清空了冬日的落葉才能長出春天的新葉一樣，
當你結束這一段戀情之後，
也要把所有的執著與傷悲清除得乾乾淨淨，
才能迎接下一個人的來臨。

316

在這段感情漸漸改變之後，他還是他，你還是你，
只是一切悄悄地物換星移了，
只是過去的時空無法再回來了。
但你會再遇到另一個人，另一個懂得如何真心對待你的人，
一如星星會殞落也會生成，太陽會西下也會東昇。

317

再喜歡的人，再心愛的東西，與你之間的緣分都是注定的。
沒有一個人可以陪伴你到永久，
也沒有一樣東西可以永遠為你所擁有。
一切的相遇，都只是一生中的一段時光。
所以，當它來的時候，就歡歡喜喜地讓它來；
當它去的時候，也只能心平氣和地讓它去。

318

春花夏雨，秋雲冬霜，沒有一個季節可以長駐，
這是大自然的榮枯法則。
相遇別離，聚散有時，每一個故事都有開始與結束，
這則是愛情的榮枯法則。

319

親愛的，人與人之間的緣分沒有偶然，
相遇與分離皆是注定，
而所有的聚散，都是為了學習。
如果你覺得受了傷，你要學習原諒。
如果你感到有遺憾，你要學習放下。
畢竟，是他讓你對人生有更深刻的體悟，
也是他讓你不得不更美麗也更堅強。

320

甜蜜是好的，悲傷也是好的；
快樂是好的，痛苦也是好的；
笑是好的，哭也是好的；
愛是好的，不愛也是好的。

321

你曾經愛過他嗎？
你愛的是他，還是愛他的眼中你自己的倒影？
你已經不愛他了嗎？
你不愛的是他，還是不愛他的眼中那個不再美好的你？
愛真的在你和他之間存在過嗎？
會不會自始至終，你愛與不愛的對象都只是自己？
他只是一面鏡子，映照出你心裡對自己的感覺而已。

322

世界上最遙遠的距離，不是從南極到北極，
而是你曾經深愛的那個人，
無感於你心中那份因愛而生的孤寂。
就算那個人再出類拔萃，只要他對你不知珍惜，
他就對你沒意義。

323

愛情裡，重要的不是對方的條件，
而是對方對待感情的方式。
如果無法被所愛的人善待，還是勇敢地把心收回來吧。
親愛的，別為了一個不能善待你的人而自苦，
別為了不在乎你的人走那段寒冷又孤單的道路。

324

對某人耿耿於懷或是對某事忿忿不平，也是一種負面的紀念，
但那個人或那件事並不值得你這樣天天放在心上。
忘記對你不好的人，放下他對你的影響力，
別因為他而為難了自己。
親愛的，這是愛自己的方式之一。

325

他已經是你生命裡的過去，
如果你一直放不下他，
就只是折磨了現在的自己而已。

326

當愛已不在，親愛的，你也許應該更勇敢一些，
懷抱著一個人走下去的決心，離開兩個人的寒帶。

327

你以為會痛苦很久很久的，
其實一段時日之後就忘了。
你說再也不會那樣去愛一個人的，
但也許很久以後你連他的名字都想不起來了。
時間沖淡所有的感受與記憶，
就像濃茶經過一次又一次地加水，
會慢慢地變得淡而無味。
所以，親愛的，不要執著於此刻的傷感，
不要以為這就是永久。
在這當下看似過不去的，
總有一天一定也會不復記憶。
一切終將過去，
一切都是時間的夢境。

328

會離開你的人，就是不適合你的人，
就是只能在過去同行一段的人，
就是與你的現在無緣的人，
就是未來不曉得在哪裡的人。
他走了，那就算了，從此也別再多想了。
親愛的，請你記得，
會離開你的人，就是要你學會放下的人。

329

就像花與樹從不互相挽留，
那麼當離別來臨的時候，
你也無須遺憾或強求。

330

人與人之間的相逢是偶然，
離別才是必然。
付出感情是自身的人生試題，
而不是對方必須交回的考卷。

331

緣分曾經把你和他牽在一起，時間到了卻也注定分離。
讓該改變的改變，讓該發生的發生，
你不過是佇立在時間的長河邊看著歲月流離的倒影。
相處是學習，分手是勇氣，
愛與不愛都不要失去了自己。

332

要讓自己過得好！
別讓愛你的人為你擔憂，別讓悲傷將你擊倒。
地球是圓的，走著走著總會再相遇的，
現在的分開並不代表永世的離散，
未來會發生什麼事，誰也不知道。

333

就像春花秋葉一樣，
愛情既然是心靈的有機物，當然也會凋萎。
從繽紛燦爛到蕭索寂滅，
照見了萬物有時，愛情也有時。
然而，也像春花秋葉年年會再回來一樣，
愛情既然有心靈作為滋養，當然也會再生。
從蕭索寂滅到繽紛燦爛，一切都是生死輪迴的必然，
愛情亦然。

334

道別之後，就真的離開了吧！
把他留在昨天，和昨天的你在一起；
至於從今以後，
現在的他歸他，
往後的你歸你。

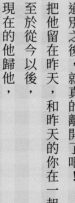

愛是祝福

335

沒有任何一件事是偶然發生的。
也沒有任何一樁相遇是沒有原因的。
是因為有了春天的花，才結出秋天的果；
是因為有了流動的風，才吹出聚散的雲。
所以，親愛的，平心靜氣地看待一切的發生，
並真心感謝一切的相遇。

336

當兩個人走到終局，保持沉默，
不說對方的壞話，只是在心裡默默地祝福，
是彼此之間最後的溫柔。

337

祝福裡包涵著感謝與寬恕，也包涵著釋懷與放下，
親愛的，當你能夠衷心去祝福對方的時候，
就是一段感情真正結束的時候。

338

溫柔是很重要的事情。
溫柔不僅是愛的方式，更是不愛的風度。
愛的時候深情款款，是溫柔。
不愛了也不怨不尤，這才是更深的溫柔。

339

人與人之間的相遇或許是偶然，離別卻是必然。
當時間與空間不再相互配合的時候，
就是緣分像花朵一樣凋謝的時候。
但是，親愛的，請不要悲傷，
請勇敢地接受離別來臨的時光。
因為，緣分雖然有限，情感卻能無限。
也許你們不能繼續陪伴彼此，
這份感情卻能超越時間與空間，
像一縷縈縈不絕的花香，
成為雙方心靈上芬芳的滋養，綿延久長。

340

愛是一種能量，而能量不滅。
所以只要真正愛過，愛就永遠不會消失。

341

誰都害怕失去，
可是寧可擁有之後再失去，
而不要連失去的機會都沒有。
經歷過愛的失去，你因此更懂得珍惜。
雖然失去，從此卻有了淚中帶笑的回憶。

342

所有的偶然與巧合，都是上天手中的棋局；
注定發生的故事，早就寫在上天的劇本裡。

343

曾經的曾經，無論如何千迴百轉，
後來的後來，都會成為雲淡風輕。

344

當分手來臨的時候，那是因為
他在你生命裡的階段性任務已經告一段落，
現在是你要展開另一段旅程的時候，所以他非走不可。
你的意識不知道這一點，你的深層意識卻很明白。
是你要他走的，這是你們靈魂的約定。
因此，祝福他吧，他也有他要展開的另一段旅程。

345

每天早晨醒來的第一件事，就是祝福。
祝福所有你愛的人和愛你的人平安快樂。
因為這樣的祝福，你的每天因此都有了美好的開始。

346

非洲有一句諺語是這麼說的：吃果子時，記得感謝花。
花是果實的前身，是因為有了花的凋零，才有果實的發生。
人生總是如此，每一口甜美，
都來自某種別人的努力，甚至某種犧牲。
所以，親愛的，不要為了你所擁有的覺得理所當然。
要懂得感謝，感謝每一朵花開花謝，
感謝每一日的陽光與星辰。

347

就像魚在水裡，卻不知被水包圍。
你也一直在愛裡，卻不知自己始終被愛包圍。
水給了魚滋養，這個世界也給了你取之不盡的資源。
就像你沒有意識到周圍的空氣，
但確實是無形的空氣時時刻刻支持著你的呼吸。
親愛的，你一直是被愛包圍著，你的存在是深受祝福的。

348

愛是一支回力鏢，給出去的總是會回到自己身上來。
所以，親愛的，祝福對方，就是給自己的祝福。

349

每一朵花的綻放，
都是天空與大地戀愛的結果，
都是神給這個世界的祝福。

350

如果在你經過的路上開了美麗的小花，
請你愛惜她，欣賞她，但不要摘取她。
讓她保留她的氣息，她的芬芳，讓她在風中自在展現她的風華。
如果暫時擁有她，接下來你將會永遠失去她。
只要曾經與她相遇在一個短暫卻美好的時空，這樣就夠了。
讓她成為她，而你依然是你。
親愛的，你無須留戀亦無須悵然，
此後在你前行的路上，還會開遍美麗的小花。

351

印度諺語：「一切河流交會處，都是神聖的。」
人與人之間的交會，也絕非偶然。
雖然你並不知道是基於什麼樣的緣分而和他人相遇，
但善待出現在你生命中的每一個人，並且衷心感謝這個緣分，
就是美好的開始。

352

親愛的，最好的伴侶，不是那個最好的人，
而是對你最好、也讓你更好的那個人。
這樣的人，將是眾神認證過的；
與他的關係，也必然會受到天使的祝福。

353

愛是心電感應，祝福是念力，
所以，笑著想他，相信他很好。
有了你堅定的愛與祝福，
他也真的真的會很好。

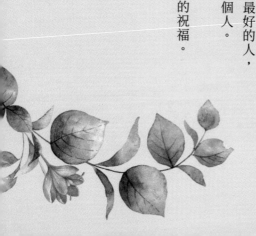

354

任何關係裡最重要的都是信任，
其中當然也包括你和這個世界的關係。
要信任這個世界有一雙溫柔的手，
會把你帶往一個值得赴約的未來。
要信任你被這個世界深深珍愛著，
前往未來的路上，它會常常送給你令你驚喜的禮物。
親愛的，當你對這個世界有了深深的信任，
這個世界與你的關係就成為一種甜美的祝福。

355

你和一個星球或是一朵花一樣，
都是宇宙間獨一無二的存在。
而你的愛情，無論結局如何，
也是宇宙間獨一無二的故事。

356

小王子有一朵玫瑰。
因為這朵玫瑰的存在，整個星球閃閃發光。
這朵玫瑰，是小王子純真的愛。
親愛的，你的心裡也有一朵玫瑰。
因為有愛的存在，屬於你的星球也正在燦爛地發光。

357

讓該發生的發生，也讓該結束的結束。
或者說，該發生時一定會發生，該結束時也一定會結束。
人與人之間恰似雲與水的瞬間相遇，
天光雲朵總是偶爾投影在湖水的波心。

358

上天的旨意很神秘，
當祂要給你一樣禮物時，往往不是直接拿給你，
而是要你多走一些路，多轉一些彎，多看一些風景。
那麼有一天，當你終於得到時間給你的答案時，
因為那些走過的路，轉過的彎，看過的風景，
你也將得到更多的禮物。
人生是這樣，愛情也是這樣。

359

如果一塊琉璃破碎了，
你可以將碎片拼成一朵花，或是一顆星星。
那樣的拼圖不再是原來的琉璃，卻另有一番美麗。
那麼，若是一段感情破碎了呢？
當感情來到盡頭，這不代表失去，
而是提醒你，改變的時候到了。
就像一塊琉璃可以變成一朵花或一顆星星的拼圖，
親愛的，你也要將一段過去的情感變成一個未來的祝福。

360

若是他真正愛過你，那麼無論此刻與往後他在哪裡，
那份愛都已成為一顆璀璨的鑽石，
它的光芒將時時刻刻照耀著你。
若是他不曾真正愛過你，那麼無論此刻與往後他在哪裡，
你和他也不過是曾經一起作了一場絢爛卻虛幻的夢；
夢醒之後，生命無所增也無所減，
依然他的歸他，你的歸你。

361

愛情是一場單程旅行，
就算經過的風景再美，就算有過的回憶再多，
也無法從終點倒回到起點。
愛情之所以讓人低迴，正是因為它的不可回溯。
然而上一次旅程的終點，將是下一次旅程的起點。

362

愛情恰似一場花季，既然看過花開，也要接受花落。
所以，感謝曾經有人與你同行，攜手見證過那樣的美麗就好，
然後等待下一次花期。

363

感謝你和他的相遇。
茫茫人海中竟然遇見了彼此，同行了一段，
這是多麼珍貴的恩寵，多麼難得的幸運。
感謝你和他的別離。
此後踽踽獨行的人生小徑上，
愛的回憶將是你手中的提燈，把前方的路一步步照亮。

364

愛的旅人完成了愛的旅程，

你感謝所有的發生，也原諒一切的缺憾。

你告別了一個曾經同行的伴侶，卻得到了一個更美好的自己。

365

不知從哪裡飄來了一朵落花，輕輕落進流水中。

你想，這朵花經歷了哪些過往？又是被怎樣的機緣帶來這裡？

但是，不管她曾有過什麼樣的旅程，現在都已經化為流水了。

就像你無論經歷過什麼樣的事情，現在也都已經成為往昔了。

落花的身世不必再提起，親愛的，你也要放下舊日的自己，

帶著落花的輕盈、流水的瀟灑，還有依然願意去愛的決心，

與時間的長河一起往前奔赴而去。

國家圖書館出版品預行編目資料

日日朵朵愛之花 / 朵朵著 . -- 初版 . -- 臺北市 : 皇冠文化出版有限公司 , 2021.02
面； 公分 . --（皇冠叢書 ; 第4913種）(朵朵作品集 ; 13)
ISBN 978-957-33-3660-0(精裝)

863.55　　109021839

皇冠叢書第 4913 種
朵朵作品集 13
日日朵朵愛之花

作　　者—朵朵
發 行 人—平雲
出版發行—皇冠文化出版有限公司
臺北市敦化北路120巷50號
電話◎02-27168888
郵撥帳號◎15261516號
皇冠出版社(香港)有限公司
香港銅鑼灣道180號百樂商業中心
19字樓1903室
電話◎2529-1778　傳真◎2527-0904
總 編 輯—許婷婷
責任編輯—陳怡蓁
美術設計—嚴昱琳
封面・內頁圖—©shutterstock
著作完成日期—2020年10月
初版一刷日期—2021年2月

法律顧問—王惠光律師

讀者服務傳真專線◎02-27150507
電腦編號◎573013
ISBN◎978-957-33-3660-0
Printed in Taiwan
本書定價◎新台幣399元/港幣133元

・皇冠讀樂網：www.crown.com.tw
・皇冠Facebook：www.facebook.com/crownbook
・皇冠Instagram：www.instagram.com/crownbook1954
・小王子的編輯夢：crownbook.pixnet.net/blog